천마사냥꾼

운경 현대 판타지 장편소설

WISHBOOKS MODERN FANTASY STORY

천마사냥꾼 7

운경 현대 판타지 장편소설

초판 1쇄 찍은 날 | 2018년 2월 21일
초판 1쇄 펴낸 날 | 2018년 2월 28일

지은이 | 운경
펴낸이 | 예경원

기획 | 위시북스
편집책임 | 이규재
편집 | 이즈플러스

펴낸곳 | 예원북스
등록번호 | 제396-2012-000132호
등록일자 | 2012. 7. 25
KFN | 제1-218호

주소 | 경기도 고양시 일산동구 호수로 646-24 위너스21 II 빌딩 206A호 (우)10401
전화 | 031-819-9431 팩스 | 031-817-9432
E-mail | yewonbooks@naver.com

ISBN 979-11-6098-825-3 04810
979-11-6098-441-5 (set)

※ 이 도서의 국립중앙도서관 출판시도서목록(CIP)은 서지정보유통지원시스템 홈페이지(http://seoji.nl.go.kr)와 국가자료공동목록시스템(http://www.nl.go.kr/kolisnet)에서 이용하실 수 있습니다.

천마사냥꾼
운경 현대 판타지 장편소설
WISHBOOKS MODERN FANTASY STORY
7
Wish Books

천마사냥꾼

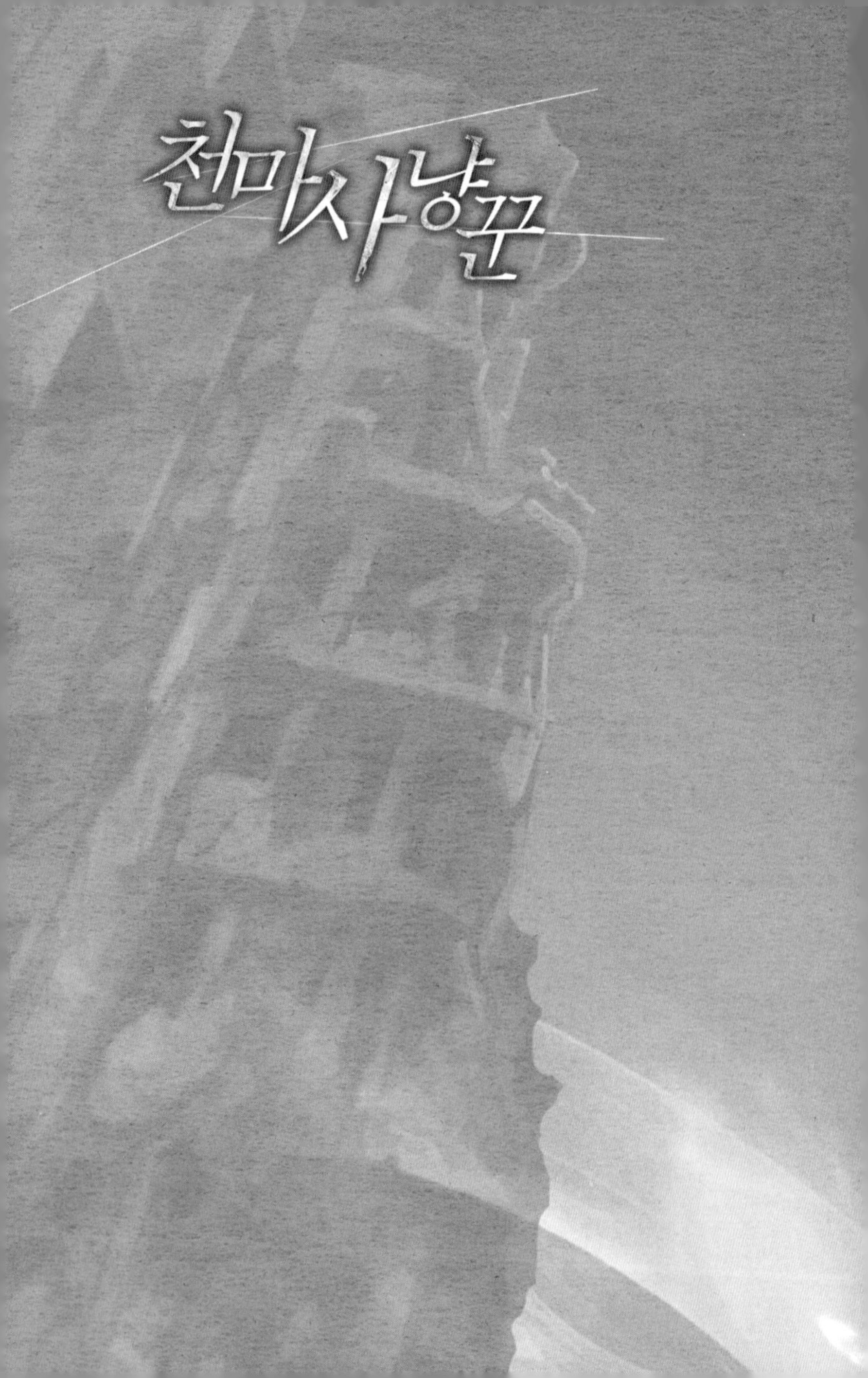

CONTENTS

제21장
습격

1

제거된 마수는 그레이트 샌드웜을 포함해 도합 271마리.

스펙터의 제2공격대는 사실상 전멸했다. 총 25인 중 7명이 생존하긴 했으나 부상이 심각하여 전투를 지속하는 것은 불가능했다.

그 외 데이브레이크와 스펙터 측 비행선들이 다소 파손되었다. 다행히도 이쪽은 큰 피해라 보기 어려웠다.

사실 진짜 문제는 물질적, 인적 피해가 아니었다.

콜론 베이터는 시타델로 귀환하자마자 두문불출했다. 전후 수습을 해야 할 스펙터 길드가 마비 상태에 빠졌다. 데이브레이크 측에서 몇 차례 사람을 보냈으나 문전박대만 당하고 물러났다.

덕분에 길드 연맹의 계획에도 차질이 빚어졌다. 이러니저러니 해도 스펙터 길드는 3강 중 하나. 마냥 무시하고 넘어가기엔 지나치게 거물이었던 것이다.

"콜론 베이터가 왜 저러는지 도무지 이해할 수가 없군요. 고작 한 번의 패배일 뿐이잖습니까?"

기함 오디세우스의 함장실.

네이트가 토해내는 불만을 아킬레스는 말없이 듣고 있었다.

"사실 패배라고 부를 수도 없습니다. 어쨌든 전투 자체는 승리로 끝맺었으니까요."

"하지만 스펙터의 승리는 아니라는 거지. 콜론은 그 사실을 견딜 수가 없는 걸세."

"2군이 당했다고 해서 스펙터를 우습게 볼 사람은 없을 겁니다. 무엇보다도 상대는 에픽 레벨의 그레이트 샌드웜이었잖습니까?"

"그래."

아킬레스는 나직이 한숨을 쉬었다.

"그리고 단 한 명의 인간에게 박살이 나버렸지."

"……."

"수많은 이가 목도하고 있었어. 저장된 영상 기록도 어마어마할 걸세. 일일이 찾아내 지우는 것이 불가능한 수준일 테지."

실제로 그러했다. 시타델 내의 지역 방송을 비롯해 수많은 매체가 이 전투를 생중계했다. 제국 내에서 일어난 실로 오랜만의 대형 토벌이었던 까닭이다.

그중에서도 가장 중요한 첫 번째 전투. 거기서 스펙터가 보기 좋게 깨지고 만 것이다.

"하지만 그게 저렇게까지 두문불출할 일이라고는 보지 않습니다. 게다가 사실, 지금은 그 누구도 스펙터 길드에 관심을 두고 있지 않잖습니까?"

네이트의 말은 사실이었다. 사실 사람들의 관심은 스펙터의 패배보다는 한 인간의 승리에 쏠려 있었다.

홀로 그레이트 샌드웜을 쓰러뜨린 동양인 사내. 시타델을 비롯한 전 제국의 이목이 그에게 집중되어 있었다.

수많은 소문과 낭설이 뒤따랐다. 펜타그레이드 중 한 사람이 변장했다느니 신인류 프로젝트가 탄생시킨 초인간이라느니 하는 얘기들이었다.

그 와중에 스펙터 길드는 찬밥 신세가 되었다. 모두의 관심에서 멀어져 비웃음조차 받지 않게 된 것이다.

"어쨌든 이제는 자네도 이해했겠군. 어째서 적시운 그 친구와 적이 되어선 안 되는지 말이야."

"……네."

네이트는 쓴웃음을 지었다.

"솔직히 그 정도이리라고는 생각도 못 했습니다."

"동감일세."

"아킬레스 님께선 알고 계셨던 것 아닙니까?"

"자네와 같네. 그 정도일 거라고는 미처 생각하지 못했어."

"듣자 하니 그자가 정식으로 길드 등록을 했다고 하더군요."

"그런가?"

"예, 데몬 오더라는 이름의 길드라고 합니다."

"흠."

아킬레스는 턱을 쓰다듬었다.

"무난한 이름이군. 어째 그 친구와 어울리는 것도 같고."

"마음 같아선 스펙터를 내치고 그 자리에 데몬 오더를 넣고 싶습니다."

"만들어진 지 며칠 되지도 않은 신생 길드를?"

"그런 강자가 이끄는 길드라면 만들어진 시기 따윈 중요하지 않지요."

"그건 그렇군. 하지만 소용없을 걸세. 적시운 본인이 원하지 않을 게야."

"예, 그래도 아쉬운 건 어쩔 수 없군요."

"그 친구에겐 지금의 포지션이 적당해. 와일드카드로서

언제든 투입될 수 있는 지금의 위치가."

"물론 그 시기는 적시운이 정하겠지요?"

"그렇긴 하지만 우리에게 나쁘게 작용하진 않을 것이야."

아킬레스는 빙긋 웃으며 말했다.

"그 친구는 내 힘이 절실히 필요하거든."

"……."

적시운은 눈앞의 명세서를 지그시 바라봤다. 개인 계좌에 들어 있는 돈보다 0이 두세 개는 더 붙어 있는 액수. 문자 그대로 천문학적인 금액이 적혀 있었다.

"이게 뭐야?"

"지난 토벌의 성공 보수예요. 원래는 스펙터 길드에게 돌아갔어야 할 금액이죠."

"이걸 받아냈다고?"

"네. 절반은 시타델 지방 정부로부터, 나머지 절반은 길드 연합에게서요."

"네가 직접 가서 담판을 지은 건가?"

"그래요. 데몬 오더의 실무자 자격으로 다녀왔어요."

적시운은 새삼스러운 눈으로 클라리스를 바라봤다.

"이 정도로 수완이 좋을 줄은 몰랐는데."

"손에 쥐고 있는 패 자체가 좋으니까요. 홀로 에픽 레벨 샌드웜을 쓰러뜨린 사내가 이끄는 길드이니 모두가 손을 잡고 싶어 안달이 난 것도 당연하죠."

"난 딱히 다른 녀석들과 손잡고 싶지 않은데."

"알고 있어요. 그래서 연막을 펼쳤죠."

"연막?"

"너희와 손잡을 수도 있다는 암시만 준 거죠. 지금은 그 정도만으로도 충분하니까요."

"김칫국만 마시게 해줬다는 거군."

적시운의 비유를 이해하지 못한 클라리스가 눈을 깜빡였다. 이지적인 외모와 갭이 느껴지는 반응에 적시운은 픽 웃었다.

"그나저나…… 주문했던 것은 어떻게 됐어?"

"어떻게 됐는지는 이미 알고 계시잖아요."

"그렇기는 하지."

클라리스는 발치에 놓인 캐리어 가방을 탁자 위로 올려놓았다. 가방을 열자 수십 개의 코어가 나타났다. 감지를 통해 이미 알고 있었지만 실제로 보게 된 감회는 제법 남달랐다.

"작센이 힘 좀 썼나 본데. 이번 전투에서 회수한 코어들이야?"

"아뇨, 아직 그건 연합의 수중에 있어요. 이건 주변 지역에서 긁어모은 코어들이죠."

"그래? 어쨌든 잘 쓸게."

가방을 챙기는 적시운. 그 모습을 물끄러미 바라보던 클라리스가 운을 뗐다.

"주말에 시간 되세요?"

"왜?"

"식사라도 대접해 드리고 싶어서요."

"식사?"

"네, 다음 전투까진 여유가 좀 있잖아요?"

확실히 그녀의 말대로였다. 선발대의 뒤를 이은 마수 군단은 아직 블랙 라이트 해안을 출발하지 않았다. 못해도 이틀가량은 여유가 있다는 의미였다.

"뭐, 안 될 것은 없겠지."

적시운의 대답에 클라리스는 빙긋 웃었다.

"혹시 싫어하는 음식 종류가 있나요?"

"딱히 없어. 맛만 있으면 다 좋아해."

"알겠어요. 그럼……."

자리에서 일어난 그녀가 미소를 지었다.

"길드 마스터로서의 첫 전투, 수고하셨어요."

"빌어먹을."

조로아스터는 벼랑 끝에 내몰린 기분이었다. 요 짧은 며칠 동안, 적시운은 그가 건드리지 못할 위치까지 올라서고 말았다.

어찌 알았겠는가. 예기치 않게 에픽 레벨 샌드웜이 전장에 난입하고 적시운이 홀로 그것을 해치우게 될 줄을.

놈은 제거해야 하는 골칫덩이를 넘어 태풍의 핵으로 변해 버렸다.

밀약을 나눴던 네이트 브락시온 역시 말을 바꿨다.

"제기랄……!"

음성 녹취든 뭐든 기록을 남겼어야 했다. 그러지 않고서 구두로만 약속을 나눈 것이 실수였다.

정작 적시운은 조로아스터에 대해 아무런 반응도 보이지 않았다. 보아하니 오스카리나와도 우호적인 관계를 유지하고 있는 듯했다.

하지만 언제 놈이 마각을 드러내게 될지는 모를 일. 오히려 이번 일로 인해 놈의 위험성만 확실해졌다.

"놈을 제거해야 한다."

하지만 과연 그럴 수 있을까?

놈은 단신으로 에픽 레벨 샌드웜을 쓰러뜨렸다. 매카시는 물론이요, 시타델의 누구도 해낼 수 없는 일을 해낸 것이다.

아킬레스 프레스터를 제외한다면 대적할 이 자체를 찾을 수 없을 터.

조로아스터가 보유한 사병력만으로 치기엔 너무나 버거운 거물이 되어 있었다.

외부의 힘이 필요했다. 하지만 데이브레이크가 손을 뗀 지금, 어디서 그 힘을 빌릴 수 있을까?

"……스펙터."

조로아스터의 입가에 미소가 걸렸다. 궁지에 몰린 자가 지을 법한 광기 어린 미소였다.

어두운 방 안.

100평 넓이의 공간은 햇살 하나 스며들지 않는 어둠 속에 잠겨 있었다. 그 어둠 속에서 콜론 베이터는 분노를 삭였다. 마음을 가라앉히고 평정심을 되찾고자 부단히도 노력했다.

하지만 그 모든 게 무용지물이었다. 잊으려 해도 그날의 기억은 생생히 떠올랐다.

수많은 눈동자 앞에서 겪어야 했던 굴욕. 이름조차 몰랐던

애송이에게 겨우 목숨을 구원받은 치욕.

그 모든 기억이 자꾸만 생생히 떠올랐다. 그리고 떠오를 때마다 왜곡을 거쳐 콜론의 자존감을 극한까지 내몰았다.

"나는 잘못되지 않았다."

수하들이 몰살당한 것은 그의 잘못이 아니었다. 이 모두가 아킬레스와 데이브레이크, 케르베로스가 작당하여 꾸민 음모가 분명했다. 그렇지 않고서야 콜론 혼자 모든 피해를 뒤집어쓴다는 게 말이 되겠는가?

케르베로스와 데이브레이크를 포함해 수많은 곳에서 사람들이 왔다 갔다. 누군가는 콜론을 위로금을 지불하겠다고 했고, 누군가는 격려의 말을 건네고 싶다고 했다. 패배의 상처를 딛고 일어나라는 말도, 회의에 참석해 책임감을 보이라는 말도 있었다.

콜론은 그 모두를 무시했다. 그의 머릿속을 지배하는 것은 오직 굴욕감, 그리고 그에 대한 복수심뿐이었다.

삐익.

귀에 딱지가 질 것 같은 신호음이 고요 속에 울렸다.

-나는 조로아스터 안젤모. 에메랄드 시타델의 사무국장이오.

지금껏 콜론은 한 번도 반응하지 않았다. 이번이라고 해서 다를 것은 없었다. 하지만 이어지는 말에는 태도를 뒤집을 수밖에 없었다.

–적시운, 그놈을 죽이고자 하는 사람이기도 하지.

"……!"

–아마 당신도 비슷한 심정일 거라 생각하오.

콜론은 손을 더듬어 통신기를 찾았다.

–당신이 협력해 준다면 놈을 죽일 수 있을지도 모르오. 만약 이 제안이 솔깃하다면 차후에 연락을…….

"아니."

콜론이 통신기에 대고 말했다. 수일 동안 침묵을 유지한 것치고는 깔끔한 음성이었다.

"지금 바로 만나도록 합시다."

츠츠츠츠.

블랙 라이트 해안 위로 추적추적 비가 내렸다. 수억 개의 물방울이 해면을 두들기고 덮개처럼 씌워져 있던 안개가 흩어졌다.

빗물과 기름, 방사능이 한데 엉켜 더더욱 기괴한 빛으로 변해가는 바다. 황혼의 순례자는 그 바다를 물끄러미 내려다보았다.

선발대는 전멸했다. 그녀는 그 사실을 알 수 있었다. 나아가 인간들이 생각보다도 위협적이라는 사실을 인지했다.

하지만 크게 걱정하진 않았다. 그래 봐야 힘의 격차는 여전히 아득했기에.

30년의 시간 동안 그녀는 더욱 강해졌다. 방사능으로 뒤덮인 세계는 그녀에게 수많은 능력을 선사해 주었다. 정신 능력 또한 그중 하나.

천리안에 가까운 감지 능력은 기본이요, 약간이지만 인간의 의식을 오염시키는 것도 가능했다.

선발대의 전투에서도 한 인간을 오염시킬 수 있었다. 오염이라 해봐야 판단력이 저해되고 공격성이 증폭되는 정도에 불과했지만, 아마 그 정도만으로도 충분할 터였다.

순례자는 고개를 숙이고 대지 위로 머리를 늘어뜨렸다. 두 번째 군단을 선발하는 작업을 조금 전에 마친 그녀였다. 작업 자체는 고될 게 없었지만 배 속의 알들을 생각해서 조금 쉬기로 했다. 산란의 시기가 다가오고 있었다.

2

초췌한 인상의 두 사내가 테이블을 사이에 두고 앉았다. 그나마 조로아스터는 깔끔하기라도 하지, 방금 전에 방에서 뛰쳐나온 콜론의 인상은 퀴퀴하기 짝이 없었다.

"요 며칠 식사도 제대로 하지 못하신 모양이군."

"잡설은 됐고, 방법에 대해서나 말하시오."

"방법?"

"놈을 죽일 방법."

콜론에게선 냉정함을 찾아볼 수가 없었다. 암살 제의를 먼저 건넨 조로아스터마저 당혹스러울 정도.

'콜론 베이터가 이렇게나 막 나가는 인간이었던가?'

그의 성격이 다혈질적이고 안하무인이라는 것은 익히 들어 알고 있었다. 하지만 성깔이 더러운 것과 멍청한 것은 전혀 다른 개념이었다.

애초에 냉정함과 교활함 없이는 한 주를 주름잡는 길드의 수장 자리에 오를 수 없는 법이었다. 한데 지금의 콜론에게선 그런 걸 찾아볼 수가 없었다. 복수심이 뇌수를 불태워 버리기라도 한 것 같았다.

"일단 진정부터 하고 얘기합시다. 귀하께서도 잘 아시겠지만, 놈은 죽이고 싶다 하여 간단히 해치울 수 있는 상대가 아니오."

"놈에 대해 얼마나 알고 있소?"

"아마 귀하가 지금껏 만난 어느 누구보다도 많이 알고 있을 거요."

"……."

"우리 시타델의 수석 특무요원인 매카시를 죽인 것도 그놈이오."

콜론은 소리 없이 코웃음을 쳤다.

"그런 잔챙이의 죽음 따위는 알 바 아니오. 내가 알고 싶은 건 놈의 정체와 위치, 그리고 약점이오."

"서두르지 마시오. 앞서 말했지만 놈은 상당히 교활하오. 의욕만으로 해치울 수 있는 상대가 아니란 말이오."

"놈을 죽이고 싶어서 나와 접촉한 것 아니었소? 한데 이제는 서두르지 말란 말만 하시는군."

조로아스터는 새어 나오려는 한숨을 애써 참았다.

'천둥벌거숭이처럼 날뛰려고만 하니 제지하는 것이 아니더냐, 개자식아.'

몇 마디 나눠보지도 않았는데도 알 것 같았다. 눈앞의 인간이 남의 조언은 귓등으로나 듣는 개자식이라는 것을.

하지만 그래도 우리 개자식이었다. 몇 안 되는 아군인 만큼 잘 타일러서 써먹어야만 했다.

"놈을 해치울 무대와 지원을 보장한다면 어느 정도의 무력을 투입할 수 있겠소?"

"내가 가진 모든 것."

"……스펙터 길드 전원이 필요하다고 해도 말이오?"

"물론."

지체 없이 돌아오는 대답. 실로 맹목적인 적개심인지라 조로아스터가 황당할 지경이었다.

'자존심이 뭉개진 것이 그렇게나 치욕적이었단 말인가?'

수많은 이가 보는 앞에서 스펙터 길드가 물을 먹긴 했다.

비록 2군이라고는 하나, 한 주를 쥐락펴락하는 거대 길드가 단 한 명에 의해 가까스로 전멸을 피한 셈이니.

특히나 콜론은 직접적으로 목숨을 건졌다. 개망신을 당했다고 해도 할 말이 없긴 했다. 하지만 동시에 그 덕에 목숨을 구한 것이 아니던가. 어지간히 심사가 꼬인 게 아닌 바에야, 생명의 은인에게 복수하겠다는 것이 제대로 된 반응인지는 의문이었다.

'미친놈이 따로 없군. 마치…….'

자기 자신처럼?

그런 생각이 들자마자 조로아스터는 고개를 가로저었다.

'나는 이자와는 다르다!'

그가 적시운을 제거하려는 것은 어디까지나 정치적 목적에서였다. 단순히 창피를 당했다고 복수하겠다는 콜론 따위와는 달랐다.

'나는 대의를 위해서 놈을 없애려는 것이다. 이 시타델의 미래를 위해서!'

조로아스터는 스스로에게 거듭 되뇌었다. 그 감정의 기반이 콜론과 같다는 것은 애써 외면한 채.

어쨌든 콜론이 어떤 인간인지는 중요하지 않았다. 어디까지나 중요한 것은 그가 지닌 힘. 지금의 조로아스터에겐 그 힘이 필요했다.

"조만간 귀하를 위한 자리를 마련하리다. 정치적으로 문제가 불거지지 않게끔 모든 조치를 취하겠소."

조로아스의 목소리가 착 가라앉았다.

"그때 최고의 전력을 투입하여 놈을 제거하실 수 있겠소?"

"가능한 빠르게."

콜론의 눈에 붉은 귀기가 어렸다.

"그 자리라는 걸 만드시오. 가장 확실한 방법으로 놈을 처치해 드리지."

"……좋소."

조로아스터의 목소리가 살짝 갈라졌다. 일사천리로 거래가 성립했음에도 불안감을 떨칠 수 없었던 까닭이다.

과연 괜찮을까?

그런 생각이 스멀스멀 뱃속 깊은 곳에서 피어났다. 분명한 불안감. 하지만 이제 와 멈출 순 없었다.

'이미 브레이크가 부러진 열차에 올라 버렸다. 이제는 멈출 수 없다.'

조로아스터는 마음속으로 되뇌며 스스로를 다잡았다.

'다시는 그 비웃음을 짓지 못하게 만들어주마, 적시운!'

기회는 생각보다도 빠르게 찾아왔다. 익숙한 이름으로 시내 레스토랑 중 하나가 통째로 예약된 것이다.

데몬 오더.

놈의 길드였다.

"……."

민간 사업장 데이터베이스 해킹. 공식적으로는 알려져 있지 않은 조로아스터의 치부 중 하나였다. 알려진다고 한들 들고 일어설 사람도 없기는 했지만.

어쨌든 놈들이 레스토랑 하나를 통째로 빌렸다. 위치는 도심에서도 적당히 떨어진 곳. 상수원으로 쓰이는 인공 저수지가 내다보이는 전망 좋은 곳이었다. 놈들의 허를 찌르기에도 적격이었다.

"……."

적시운은 눈앞의 백지를 물끄러미 바라봤다.

이윽고 그 백지의 끄트머리를 쥐고 있는 앙증맞은 양손으로 시선이 옮겨졌다.

열두어 살쯤 되어 보이는 어린 여자아이. 정갈하게 쓸린 깻잎 머리가 핀으로 고정되어 있었다. 아이는 똘망똘망한 눈으로 적시운을 올려다보고 있었다.

시타델 도심의 광장이었다.

인파가 바글거리는 주말. 적시운에게 있어선 그다지 익숙하지 않은 공간과 시간대였다.

겨우 구석진 벤치에 자리를 잡고 앉아 있었는데, 웬 꼬마 아이가 다가와 다짜고짜 백지를 내민 참이었다.

"이게 뭔데?"

"종이요."

소녀가 그것도 모르냐는 투로 대꾸했다.

"영상에 나온 아저씨, 맞죠?"

아이가 말하는 영상이 뭔지는 적시운도 잘 알고 있었다. 에픽 레벨 샌드웜이 박살 나는 장면이 제국 전역에 생중계됐다는 것도, 웹상에 올라온 영상의 조회 수가 신기록을 세웠다는 것도.

새삼 마수 사냥의 현주소를 알 수 있는 일이었다. 누군가의 목숨을 건 사투가 다른 곳에선 유희거리로 받아들여지는 현실 말이다.

"사람 잘못 봤어."

"거짓말. 영상에서 본 거랑 똑같이 생겼는데요."

"동양인은 원래 다들 비슷비슷하게 생겼어."

소녀는 심통이 났는지 볼을 부풀렸다.

"너무 비싸게 구는 것 아니에요?"

"……핫."

묘하게 성숙한 표현에 적시운은 헛웃음을 뱉었다. 그러고 보니 주변의 제법 많은 사람이 이쪽을 힐끔거리고 있었다. 아마 그들 역시 적시운이 누군지 알고 있을 터였다. 그러나 선뜻 다가오지 못하는 것은 적시운이 조금 전부터 은은히 기세를 발하고 있었기 때문.

그 와중에도 성큼성큼 다가와 사인을 요청한 이 꼬맹이가 특이한 것이었다.

'배짱이 두둑하기 때문…… 이라고만 보기는 어렵겠지.'

펜과 종이를 받아 들었지만 사인을 할 마음은 들지 않았다. 무슨 연예인도 아닌데 사인 같은 걸 한다는 게 어색하고 이상하게 느껴졌다.

그래서 구멍 뚫린 나무 상자를 그리고는 돌려주었다. 소녀는 한동안 종이를 뚫어져라 바라봤다.

"이게 뭐예요?"

"양. 그 안을 보면 양이 풀을 뜯고 있지."

"약했어요?"

현실적이다 못해 삭막하기까지 한 반응에 적시운은 쓴웃음을 지었다. 하기야 요즘 애들이 어린 왕자를 알까 싶었다.

"어쨌든 고마워요. 이 이상한 그림이랑, 음, 샌드웜을 해치워 준 거요."

"내가 아니었어도 누군가는 했을걸."

"그렇긴 해도, 혼자서 할 만한 사람은 거의 없잖아요. 엄마가 그러는데 아저씨라면 순례자도 잡을 수 있을 거래요."

"흠, 겸사겸사 잡아줄 수도 있겠지."

"허풍도 수준급이시네요. 그래도 가식적인 것보단 보기 좋네요."

"……."

"어쨌든 열심히 하세요."

응원인지 빈정거림인지 모를 말을 끝으로 소녀가 멀어졌다. 적시운은 한동안 멍하니 있다가 쓴웃음을 지었다.

"재미있는 녀석일세."

주변 사람들이 쭈뼛거리며 다가오고 있었다. 소녀가 하는 것을 보고는 자기들도 용기를 낸 모양이었다.

"귀찮게."

적시운은 내공을 운용해 살기의 밀도를 높였다. 다가오려던 이들이 찔끔하여 물러났다.

침묵하고 있던 천마가 운을 뗐다.

[그 여아, 보통 아이가 아니더군. 비유가 아니라 실제로 말일세.]

'동감이야.'

적시운이 발하는 기운은 은밀하면서도 농밀했다. 어지간한 강심장도 함부로 다가서기가 꺼림칙한 수준. 일개 어린애가 무시할 만한 기운이 결코 아니었다.

'이능력을 감지하지는 못했어. 그렇다는 건 나를 능가하는 이능력자라는 뜻이겠지. 아티팩트를 사용했을 수도 있고.'

[어쨌거나 자네를 주목하는 이가 많아진 건 분명하군.]

적시운은 미간을 찡그렸다.

"귀찮은 일이 생기지 않았으면 좋겠는데."

"뭘 그렇게 중얼거리세요?"

클라리스가 다가와 있었다. 그녀가 광장에 들어서기도 전에 감지한 적시운이었기에 딱히 놀라진 않았다.

"뭐긴 뭐겠어, 혼잣말이지."

"투덜거리시는 걸 보니 불쾌한 일이라도 있었나 보군요."

"불쾌하다기보다는 좀 특이한 경험이었지."

클라리스는 의아한 얼굴을 했지만 그게 뭔지 묻지는 않았다.

"저 때문에 화나신 건 아니죠? 괜히 여기서 만나자고 해서요."

"딱히 화 안 났어. 생각해 보면 이런 곳에 와본 지도 꽤 오래됐고."

"레스토랑까지는 좀 걸어야 해요. 괜찮으시죠?"

"그래."

두 사람은 거리를 거닐었다. 딱히 로맨틱하다고는 볼 수 없는 분위기 속에서.

클라리스는 원피스 차림이었다. 새하얀 원피스의 색이 탐스러운 흑발과 뚜렷이 대비되었다. 착 달라붙는 옷으로 인해 굴곡진 몸매가 도드라졌다. 옷차림이나 화장이나 제법 정성껏 준비하고 나온 모양새. 하지만 정작 적시운은 생각에 잠겨선 그녀 쪽을 힐끔거리지도 않았다.

살짝 실망감이 들긴 했지만 그녀는 그냥 웃었다.

'원래 이런 사람이었지.'

레스토랑은 텅 비어 있었다. 맛이 없어서 그런 것은 아닐 터였다.

"통째로 대관했어요. 오늘 저녁은 우리만이 유일한 손님이죠."

"돈이 아깝지는 않지만 이렇게까지 할 필요가 있을까 싶은데."

"이편이 서로 대화를 나누기에 편하지 않겠어요?"

적시운은 피식 웃었다.

"꼭 유혹이라도 하겠다는 것처럼 말하네."

"가능하다면 그러고 싶은 게 사실이에요. 당신은 저희에게 있어 유일한 희망이니까요."

그녀가 말하는 '저희'란 게 무엇을 지칭하는지는 구태여 물을 필요도 없었다.

노골적인 대답에 적시운은 내심 혀를 찼다.

"내게 너희를 책임져야 할 의무 따위는 없지. 그래도 이 길드가 유지되는 동안은 부족함 없이 대해줄 거다. 분명 그렇게 말했던 걸로 기억하는데."

"그렇죠. 하지만 그것도 결국 순례자와의 전투가 끝날 때까지잖아요? 당신의 목적은 모국으로 돌아가는 거니까요."

"날 설득할 생각이라면 관둬. 소용없으니까."

"마음을 뒤집을 순 없어도 함께 데려가 달라고는 할 수 있지 않겠어요?"

한국으로?

적시운은 미묘함 속에서 클라리스를 응시했다.

그녀는 무언가를 결심한 표정이었다.

"저희는……."

"잠깐."

적시운이 그녀의 말을 잘랐다. 단칼에 거절당한 건가 싶었던 클라리스가 움찔했지만 그 때문이 아니었다.

“누군가가 있어.”

“네? 누군가라니요?”

느긋한 태도로 주변을 돌아본 적시운이 말했다.

“불청객.”

3

–정말 이래도 괜찮은 겁니까, 대장? 나중에 문제가 될 게 확실한데요.

–길드장님이 받아온 정보가 확실한지도 의문스럽습니다. 좀 더 알아보고 움직여야 하는 게 아닐까요?

스펙터 길드의 제1공격대장인 오슬로는 혀를 찼다.

“별수 있나. 까라면 까야지.”

–하지만…….

“길드장 성격은 너희도 잘 알잖아. 이제 와서 못한다고 했다간 가만히 있지 않을 거다.”

제1공격대에 별안간 임무가 내려졌다. 시타델 상수원 근역의 레스토랑을 점거하고 내부인을 모조리 사살하라는 것. 레스토랑 내에 국가 반역자가 있다는 게 그 이유였다.

실로 어처구니없는 이야기였으나 실제로 시타델 지방 정부의 공인까지 확인했다. 사무국장인 조로아스터가 직접 의뢰를 했다는 것이다.

실제로 레스토랑 근방의 거리는 완전 폐쇄됐다. 시민 안전 확보보다는 정보 통제의 목적이 더 커 보이긴 했지만.

"까라면 까야지. 어차피 여기까지 온 이상 돌아가 봐야 문제만 더 커질 거다."

스펙터 제1공격대는 셋으로 나뉘어 자리 잡은 상태였다. 하나는 지붕, 다른 둘은 정문과 뒷문이었다.

환기구를 통해 최루탄을 터뜨린 후 투입하는 것이 기본 골자. 이를 위해 각 공대원이 방독면으로 중무장한 차였다. 방독면엔 적외선 투시경 또한 달려 있어 어둠 속에서도 사물의 식별이 가능했다.

"더불어 이능력 억제장 또한 펼쳐 놓을 것이다. 그 점을 유의하도록."

각 공대원이 총화기로 중무장한 것도 그 때문. 전원 동일하게 착용 중인 방탄복엔 스펙터의 상징인 칼 꽂힌 해골이 그려져 있었다.

–이능력자가 암만 강해 봐야 우리 측이 우세하지 않겠습니까? 억제장 없이 싸우는 편이 나을 텐데요.

"보아하니 목표는 상당히 강력한 이능력자인 것 같다. 시타델 지방 정부 측에서 신신당부를 하더군."

—하지만…….

"이미 그렇게 정했다. 더 이상 토 달지 말도록."

—알겠습니다, 대장.

나직이 심호흡을 한 오슬로가 말을 이었다.

"명심해라. 아군을 제외한 모든 생명체는 보이는 대로 사살할 것."

—……예, 대장.

—알겠습다.

떨떠름하게 대꾸하는 부관들. 그래도 오슬로는 그들을 탓할 수가 없었다. 그 또한 콜론의 행보가 미심쩍기는 본인도 마찬가지였으니.

요 며칠간의 콜론은 전혀 다른 사람 같았다. 첫 전투에서 무슨 일이 벌어졌었는지는 알지만, 겨우 그런 일로 두문불출한다는 게 의아했다.

하지만 뭘 어쩔 수 있겠는가. 그 또한 명령을 받아 실행하는 입장. 진심으로 콜론을 걱정해 줄 만큼 의리가 있는 관계도 아니었다.

'할 일이나 제대로 하고 내 평가만 끌어올리면 그만이다.'

마음을 다잡은 오슬로가 신호를 내렸다.

"최루탄을 투척한다."

딸깍.

몇 겹의 벽 너머에서 들려온 소리임에도 적시운은 생생히 들을 수 있었다. 놈들이 무엇을 하려는지도 대번에 파악했다.

"불청객이란 게 무슨 뜻이죠?"

클라리스의 반문. 적시운은 대답하는 대신 의자를 밀고 일어섰다.

"어디 안전한 곳에 숨어 있어. 여기 직원들도 같이 대피시키고. 패닉 룸 같은 게 있나 물어보면 되겠네."

"……대략 몇 명인지 알고 계세요?"

"공격대 하나 분량."

눈치 빠른 클라리스가 입술을 깨물었다. 무슨 일이 일어난 건지 대강 알아챈 것이다.

"방탄복마다 같은 문양이 그려져 있군. 해골바가지 정수리에 단검이 꽂혀 있는 그림이야."

"스펙터예요."

일말의 지체도 없이 대꾸하는 클라리스. 적시운은 가볍게 고개를 끄덕였다.

"지난번에 구해줬던 녀석들한테는 그런 문양이 없던데."

"스펙터 마크는 1공격대에게만 주어진 특권이니까요. 1군의 상징 같은 거죠.”

“그 1군을 중무장시켜 보낸 걸 보면 감사 인사를 하려는 건 아닌 모양인데.”

슥.

순간 실내의 점등이 모조리 소등됐다. 창밖의 광원 덕분에 한 치 앞도 못 볼 정도는 아니었으나, 시계가 상당히 좁아진 것만은 분명했다.

“뭐야, 정전인가?”

“누가 누전차단기 좀 확인해 봐!”

주방 쪽이 소란스러워졌다. 웨이터가 허둥거리며 적시운 쪽으로 다가왔다.

“정말 죄송합니다, 손님. 지금 정전의 원인을 찾는 중이니 곧 불이 켜질 겁니다. 조금만 기다려 주시면…….”

“됐으니까 피해.”

“예?”

적시운이 클라리스의 등을 살짝 밀었다. 자리에서 일어난 클라리스가 의자 위로 오른 다리를 올렸다. 치마폭 사이로 드러난 매끈한 허벅지에 두르고 있는 홀스터. 리틀 캐논이라고까지 불리는 강화 리볼버가 어둠 속에서 번뜩였다.

“소, 손님?”

“따라와요, 죽기 싫으면.”

클라리스는 설명 대신 리볼버를 뽑아 웨이터의 등을 쿡 찔렀다. 움찔 놀란 웨이터가 벌벌 떨며 걷기 시작했다.

"사, 살려만 주십시오. 원하시는 게 돈이라면 사장 금고에 있으니……."

"닥치고 걷기나 해요."

그녀가 주방 쪽으로 사라졌다. 그사이 적시운의 기감에 무언가가 감지됐다.

환기구를 통해 떨어지는 몇 다발의 물체. 최루탄이었다.

"방독면 찾아서 써!"

그리 크게 소리치진 않았지만 클라리스라면 알아들었을 것이다. 적시운은 그녀에게 맡겨두기로 하고는 홀 내의 의자와 물건들을 집어 들었다. 그리고 창문을 향해 냅다 날렸다.

쨍강! 와장창!

창문들이 깨져 나가는 와중에 최루탄이 바닥에 떨어졌다. 이윽고 푸쉭 하는 소리와 함께 대량의 최루가스가 터져 나왔다.

삽시간에 코를 찌르고 드는 알싸한 느낌. 적시운은 살짝 눈살을 찌푸렸지만 입과 코를 틀어막진 않았다. 염동력으로 흩어내면 될 테지만 힘을 끌어낼 수가 없었다.

최루탄 투척과 동시에 이능력 억제장을 펼친 모양. 그래도 딱히 걱정은 되지 않았다. 적시운에겐 염동력만 있는 게 아니었으니.

평소와 같은 호흡 속에서 적시운은 천천히 걸음을 옮겼다. 천룡혈독공의 공능은 삽시간에 최루가스를 해독시켰다. 다만 안구 보호까진 불가능했기에 그냥 눈을 감았다. 안구 쪽으로 내공을 보낸다면 문제없겠지만 그렇게까지 하느니 눈을 감는 쪽이 간단했다.

스스슥.

무혼흡으로 기척을 낮춘 적시운의 신형이 어둠에 녹아들었다. 얼마 기다릴 것도 없이 쿵쾅대는 소리가 천장을 통해 연신 울렸다.

지붕을 통해 내려온 인원은 11명. 그들은 지체 없이 홀 안으로 들어섰다. 방탄복과 개인화기로 중무장한 상태. 걸음걸이에서부터 고도의 훈련을 받았다는 티가 났다.

'이름난 길드의 1군이니 당연한 일이려나.'

적시운은 성큼성큼 적을 향해 걸어갔다. 조금 더 상황을 살필 수도 있겠지만 그러지 않기로 했다. 괜히 놈들이 주방 쪽으로 향하면 귀찮아질 테니.

'속전속결.'

그렇게 뇌까리는 와중, 돌연 공대원들의 총구가 적시운 쪽으로 향했다.

철컥철컥!

기척을 극한까지 낮췄는데도 발각당했다. 그 사실에 의아해하던 적시운이 이내 이유를 알아냈다.

'적외선 투시경이군.'

열 탐지 장비를 갖추고 있으니 기척을 낮춰도 의미가 없을 터. 체온 자체를 낮추지 않는 이상은 속여 넘기기 힘들 것이었다. 적시운은 만약을 위해 이를 기억해 두기로 했다.

'혹시 모르니 빙공을 익혀둬야 하려나.'

십여 자루의 총구에 겨냥되었는데도 긴장감은 들지 않았다. 오히려 긴장한 쪽은 적시운을 겨냥한 스펙터 공대원들이었다.

'뭐지, 이건?'

눈치채지도 못한 사이에 제법 가까운 곳까지 접근해 왔다. 발걸음 소리는커녕 기척조차 없이. 열 탐지 장비가 아니었다면 감지조차 못했을 것이다.

더군다나 놈은 최루가스가 자욱이 깔려 있는데도 멀쩡히 서 있었다. 그 비현실성 때문에 방아쇠를 당길 타이밍을 놓쳤다.

'보자마자 쐈어야 하거늘!'

이를 악문 오슬로가 소리쳤다.

"전원 발……!"

쾅!

육중한 무언가가 테이블을 부수며 날아갔다. 그것이 공대원 중 하나임은 잠시 후에야 깨달을 수 있었다.

놈이 사라졌다. 초록색으로 번뜩이는 시계 속에 인간의 형상은 보이지 않았다.

"큭!"

"모두 등을 붙여!"

공격대는 등을 붙인 채 원형으로 섰다. 오슬로가 침을 튀겨가며 소리쳤다.

"정신 바짝 차려! 보이는 대로 쏴 갈겨라! 방금 전처럼 머뭇거렸다간 우리가 당한다!"

홀 안으로 메아리치는 고함. 정적이 찾아온 장내에 인간의 기척은 느껴지지 않았다. 기둥이나 엄폐물 뒤로 숨은 모양.

오슬로는 분노를 삭이며 부하들에게 물었다.

"누가 당했는지 아는 사람 있나?"

"톰슨입니다. 제가 바로 옆에 있어서 알고 있습니다."

"알겠다. 너희 둘, 엄호해 줄 테니 톰슨이 날아간 방향을 확인하고 와라. 숨이 붙어 있다면……."

말을 뱉는 와중에도 오슬로는 어이가 없었다. 육체 자체의 전투력만 봐도 인간 기준으로 최고 레벨이라 할 수 있는 스펙터의 정예 공격대원이 단 일격에 나자빠지다니.

"숨이 붙어 있다면 어떻게든 살려야 한다."

"대장, 그냥 억제장을 없애는 게 낫지 않겠습니까? 보아하니 놈은 한 명인 듯한데요."

억제장의 컨트롤러는 오슬로의 품 안에 있었다. 버튼 하나면 언제든 켜고 끄는 게 가능했다.

"이 상태로는 어렵겠다는 판단이 들면 억제장을 해제하겠다. 일단은 정문과 후문으로 들어올 아군과 합류하도록 하자."

"크악!"

비명과 함께 동료를 확인하러 간 두 사람이 쓰러졌다. 오감을 그쪽에 집중하고 있었는데도 낌새 하나 느끼지 못하고 당했다.

"빌어먹을!"

오슬로는 컨트롤러를 꺼냈다. 조금 더 지켜보다간 아군과 합류하기도 전에 전멸당할 판이었다.

우우웅.

억제장이 해제됐다. 그러자마자 원거리 딜러들이 힘을 발휘했다.

쿠구구구!

염동력의 회오리가 주변을 쓸었다. 테이블과 의자, 그 외의 잡다한 엄폐물들이 쓸려 나가며 주변이 깔끔해졌다.

여전히 놈은 보이지 않았다. 그래도 엄폐물이라고는 기둥밖에 남지 않아 그나마 상대하기가 편해졌다.

"부상자들을 확인해!"

"알겠습니다!"

쓰러져 있는 동료들에게 다가간 공대원이 입술을 깨물었다.

"이미…… 늦었습니다."

"늦었다고?"

"두 사람 모두 경동맥을 꿰뚫렸습니다. 톰슨 역시 호흡이 멎었고요."

"이런 망할 새끼!"

흥분한 공대원이 주변으로 총을 난사했다.

"나와! 당장 나오란 말이다, 겁쟁이 새끼야!"

"오냐."

공대원의 등 뒤에서 들려오는 나직한 음성. 그다지 크지 않은 목소리인데도 오슬로를 비롯한 모두가 알아들을 수 있었다.

"익!"

공대원은 황급히 몸을 돌리며 단검을 빼 휘둘렀다. 근거리인 만큼 총보다는 칼이 나을 것이란 판단에서였다. 게다가 공대원 본인의 이능력인 속도 가속까지 더해져 단검을 휘두르는 스피드는 가히 음속에 가까웠다.

그 판단 자체는 나쁘지 않았다. 상대가 나빴을 뿐.

적시운은 칼을 쥔 공대원의 손등을 후려쳤다. 공대원의 움직임을 능가하는 스피드로.

파앙!

손아귀가 그대로 폭발하며 단검이 튀어 나갔다.

"끄으아악!"

단검은 천장에 박혔고 공대원은 손을 움켜쥔 채 비명을 토했다. 듣는 이들의 모골이 송연해지는 비명이었다.

적시운은 무릎으로 공대원의 턱을 올려쳤다.

뚝!

무언가가 끊어지는 소리. 그와 함께 비명이 멎었다.

4

"크으윽!"

"이 새끼가!"

두 줄기의 섬광이 번뜩였다.

화염과 뇌전.

그러나 섬전이 작렬한 자리엔 아무것도 없었다. 반쯤 불타버린 동료의 시체만이 있을 뿐.

"쥐새끼 같은……!"

퍽!

욕설을 지껄이던 공대원의 입에 큼직한 콘크리트 파편이 처박혔다. 졸지에 벙어리 신세가 된 공대원이 피 섞인 침을 흘리며 꺽꺽거렸다.

"제기랄! 어디냐, 어디란 말이냐!"

"죽여 버릴 테다!"

고래고래 소리 지르는 공대원들. 분노로 가득한 고함이었으나, 그 기저에 깔려 있는 진짜 감정은 공포였다.

오슬로는 그 사실을 깨닫고는 전율했다.

"가게와 함께 통째로 쓸어버립시다, 대장! 숨을 곳이 사라지면 제깟 놈이 뭘 어쩌겠습니까?"

"그럽시다, 대장!"

"명령을!"

앞다투어 떠들어 대는 공대원들의 모습이, 마치 당장에라도 이 자리를 벗어나고픈 애처로운 몸짓처럼 느껴졌다.

사실상 명령 체계는 붕괴된 상황. 원거리 딜러들이 더 못 참겠다는 듯 힘을 끌어올렸다.

"타앗!"

"뒈져!"

뿜어져 나온 화염에 돌풍이 합쳐져 열폭풍을 만들어냈다. 눈을 멀게 할 것 같은 빛에 다른 공대원들이 방독면을 벗어

던졌다.

콰르르르!

화염 폭풍이 홀 전체를 한차례 휘감았다. 스펙터 제1공격대는 서포터들이 만들어낸 보호막 속에서 숨을 죽였다.

인간이 견딜 수 없는 초고온. 이능력이나 아티팩트를 써서 배리어를 친다고 해도 어지간해선 버틸 수 없을 터였다.

'놈은 견디지 못하고 뛰쳐 나올 것이다.'

'혹은 바깥으로 달아나거나!'

아직 정문조와 후문조가 투입되지 않았다. 놈이 뛰쳐나갈 경우엔 그들의 공세를 받게 될 것이었다.

스스스스.

폭풍이 사라진 자리에 적의 모습은 보이지 않았다. 오슬로와 공대원들은 그제야 자신들이 적의 정확한 인상착의조차 모른다는 사실을 깨달았다.

"스펙터(Specter)……."

유령, 혹은 망령.

자신들의 길드명을 뜻하는 단어였지만, 지금만큼은 그 이름이 너무나도 두렵게 느껴졌다.

여하간 놈은 홀 안에 없었다. 이미 바깥으로 빠져나갔다는 뜻.

흠칫한 오슬로가 통신기를 빼 들었다.

"정문조, 후문조! 그쪽으로 아무도 가지 않았나!"

—여기는 후문조. 아무것도 발견하지 못했습니다. 한데 안에서 무슨 일이 벌어지고 있는 겁니까?

"차차 설명하겠다. 정문조, 역시 아무것도 없나?"

—여기는 정문조. 딱히 눈에 띄는…… 뭐, 뭐야!

"놈인가?"

—끄아아악!

퍼퍽. 퍽! 콰직! 콰과광……!

파괴라는 단어로밖에 정의할 수 없는 소음들, 거기에 공대원들이 쏟아내는 비명이 어지러이 뒤섞였다.

그 결과물은 공포의 향연.

모든 소음이 뚝 끊어지고 고요가 찾아왔다. 오슬로가 백업을 가야 한다고 소리치기도 전에 상황이 종결된 것이다.

"끄…… 으!"

내가 지금 악몽을 꾸고 있는 것인가?

오슬로는 도저히 이해할 수가 없었다. 그들, 스펙터 제일의 공격대인 그들이 이렇게나 간단히 학살당하고 있다는 게 믿기질 않았다.

—대, 대장? 대체 뭐가 어떻게 돌아가는 겁니까?

"……!"

오슬로는 퍼뜩 정신을 차렸다. 안 그래도 멍청히 있다가 너무나 큰 손실을 입은 뒤. 남아 있는 병력이라도 수습해야만 했다.

"당장 홀 안으로 진입해 우리와 합류해라. 어서!"

—아, 알겠습니다.

통신을 마친 오슬로가 부하들을 돌아봤다.

"우리도 후문 쪽으로 향한다!"

놈을 쫓아야 한다고 외치는 공대원은 없었다. 오슬로 역시 그들과 같은 심정이었다.

"이대로 개죽음을 당할 순 없다."

오슬로는 어둠이 내려앉은 창밖을 노려봤다.

'대체 무엇을 건드린 것이오, 콜론 베이터!'

콜론 베이터는 이를 악물고 있었다.

레스토랑과 두어 블록 떨어진 위치. 시타델 지방 정부 소속 치안 유지군이 바리케이드를 쳐 놓고 있었다.

통신기를 통해 안쪽 상황은 대강 파악한 뒤였다. 그렇기에 비 오듯이 식은땀이 흘러내리는 것이었고.

스펙터의 핵심 전력인 제1공격대를 레스토랑 내부로 투입했다. 단 한 명의 인간을 해치우기 위해서. 한데 오히려 쓸려

나가는 쪽은 그들이었다. 한 명의 인간이 아니라.

그 또한 함께 갔어야 했다. 콜론은 그 사실을 알고 있었지만 오슬로와 공격대만 투입시켰다. 놈이 밖으로 뛰쳐나올 경우를 대비한 안배…… 라고 그 자신은 생각했다.

그렇게 확신할 수밖에 없었다. 자신이 겁을 먹었다고는 죽어도 인정하기 싫었으니까.

-끄…… 아아악!

최후의 단말마를 끝으로 비명이 사라졌다. 정문조와 연결된 통신 채널이었다.

'전멸!'

7명밖에 안 되는 인원이었다지만 탱커와 딜러, 힐러의 조합을 충실히 갖춰두었다. 각 파트 간의 시너지를 감안한다면 A급 마수와 맞붙더라도 쉽사리 당할 수준은 결코 아니었다.

한데 전멸했다. 1분이나 넘겼을까 싶은 짧은 시간 동안!

콜론은 그제야 자신이 미친 짓을 저질렀다는 것을 깨달았다. 하지만 이미 늦은 뒤. 이제 와 상황을 되돌리기엔 너무 먼 곳까지 와버렸다. 그럴 생각도 없었고.

"죽여 버리겠다!"

이를 악문 콜론 베이터가 인페르노 액스를 들어 올렸다. 이미 벼랑 끝까지 내몰린 그였다. 스펙터 길드는 사실상 파멸되었고 그의 자존심 또한 걸레짝처럼 갈가리 찢기고 말았다. 남은 것은 몸뚱이 하나와 목숨뿐. 그것이라도 건사하자며 도망치는 것은 콜론 스스로가 용납할 수 없었다.

"크아아아!"

바바리안의 고유 스킬인 배틀 레이지(Battle Rage)를 터뜨린 콜론이 전방을 향해 돌진했다. 치안 유지군은 그 소름 끼치는 기세에 숨을 죽였다.

삽시간에 두 블록의 공간을 가로지른 콜론의 육체가 그대로 레스토랑으로 돌진했다. 관성을 억지로 줄이려 드느니 충돌을 택한 것이다.

와장창!

거대한 회전문이 그대로 박살이 났다. 뽑히다시피 한 문짝들이 사방으로 튕겼다.

몇 바퀴 땅을 구르고 일어난 콜론이 두 팔을 좌우로 뻗었다. 으드득 하는 소리와 함께 근육들이 팽창했다. 몸에 묻은 유리 파편이 후드득 떨어져 내렸다.

"모습을 보여라, 빌어먹을 개자식!"

충혈된 눈으로 어둠을 노려보는 콜론. 이내 그의 시야에 흐릿한 윤곽이 잡혔다. 자신에 비하면 왜소하기 짝이 없는 사내의 실루엣이었다. 핏빛으로 물든 눈이 광기를 폭사했다.

"죽여 버릴 테다."

"생명의 은인을 대하는 방식치고는 꽤나 참신한걸."

"닥쳐라! 정녕 네놈이 내 목숨을 살려줬다고 생각하나?"

"아, 그래. 널 살려준 건 아니지."

적시운은 차갑게 웃었다.

"내가 한 일이라고는 좀 큼직한 지렁이 한 마리를 해치운 게 전부지. 그 지렁이한테 어떤 머저리가 죽을 뻔하긴 했지만."

뿌드득.

이를 가는 콜론. 어찌나 흥분했는지 입가로 게거품이 흘러내릴 지경이었다.

"네놈 덕분에 내 자존심은 나락에 처박히고 말았다. 네놈의 알량한 간섭 때문에! 나는 제국 전역의 웃음거리가 되어버렸다!"

"나 때문이 아니라 네 자신 때문이겠지. 네가 약해빠진 게 내 잘못은 아니잖아?"

"닥쳐라! 요행으로 한몫 챙겼다고 네놈이 뭐라도 되는 줄 아느냐!"

"그걸 정말 요행이라고 생각한다면."

적시운의 얼굴에서도 웃음기가 사라졌다.

"구제불능에 천치로군."

"뭣이 어째?"

"난 이미 네 부하를 10명쯤 해치웠다. 하지만 생각해 보면 그자들에겐 아무 잘못도 없지. 잘못이 있다면 머저리 같은 윗대가리를 만났다는 것뿐이니.”

콜론은 알지 못했지만 적시운은 정문조의 시체에서 통신기를 회수한 뒤였다. 다시 말해, 두 사람의 대화가 고스란히 오슬로 측에 전달되고 있다는 뜻.

그것도 모른 채 콜론은 코웃음을 쳤다.

“놈들은 내 부하다. 내 멋대로 쓰고 버리는 물건이나 다름없다는 말이다.”

“잘나신 길드의 마스터다운 말씀이군.”

“닥쳐라! 네놈을 죽일 수 있다면 길드원쯤은 얼마든지 나자빠져도 상관없다.”

논리나 이성을 떠나 그저 적시운에게 지기 싫다는 마음만으로 내뱉는 말들. 적시운이 의도한 대로 따라가고 있는 콜론이었다.

‘그나저나…….’

적시운은 미간을 살짝 찡그렸다.

‘어째 저 녀석, 맛이 가도 단단히 간 것 같단 말이지.’

단순한 증오심과 분노만으로 저렇게나 막 나갈 수 있을까? 한 주를 대표하는 길드의 마스터씩이나 되어서?

선뜻 이해하기 힘든 일이었다.

[뭔가 정신적인 영향을 받고 있는 모양이군.]

'세뇌 같은 거?'

[음, 고독에 비할 바는 아니겠지만…… 뭔가 외부적인 요인으로 인해 맛이 가버린 것만은 분명해 보이네.]

그런 짓을 할 만한 존재는 얼마 없을 것이었다.

적시운은 오래지 않아 한 가지 가능성을 떠올릴 수 있었다.

'설마 황혼의 순례자가……?'

[그 기어 다니는 용이라는 게 현무나 주작 같은 영물이라면 불가능한 얘기만은 아닐 걸세.]

최상위 마수들의 지성과 능력은 인간의 상상을 초월한다. 그것을 감안한다면 어느 정도는 납득이 되었다.

'결국 이놈도 피해자일 뿐이라는 건가.'

그렇다고 해서 동정심이 들거나 하진 않았다. 보아하니 세뇌의 수준 또한 그리 강력한 것 같지는 않았고. 무엇보다도 자신에게 송곳니를 들이댄 적에게 동정심을 품을 만큼 적시운은 말랑하지 않았다.

"그러니까 결국 나를 죽여야 직성이 풀리겠다는 거군?"

"네놈을 죽여주마. 가장 고통스러운 형태로."

"네 실력으로?"

쾅!

땅을 박찬 콜론이 정면으로 쇄도했다. 이글거리는 도끼날이 적시운의 목젖으로 이어지는 궤적을 그렸다.

더블 A랭크 바바리안. 아킬레스 프레스터를 제외한다면 적시운이 만나본 인간 중 최강자라 할 수 있었다.

'전력을 다한다면…….'

날카로운 도끼날이 목젖 앞까지 치달았다. 잠시 후엔 그대로 목이 달아날 상황. 그 와중에도 적시운은 생각했다.

'몇 분 내로 해치울 수 있을까?'

의식하지 않았는데도 입가에 미소가 걸린다. 육체 깊은 곳에 잠들어 있는 어둠이 살며시 눈을 뜨는 감각. 순수한 파괴 욕구가 적시운의 온몸을 휘감았다.

[모든 인간은 내면에 마수를 품고 있지.]

천마의 음성 또한 어둠에 젖어 있었다.

[그 마수를 풀게.]

깊은 곳 어디선가 포효가 울렸다. 다음 순간 적시운은 자세를 낮추어 콜론의 품 안으로 파고들고 있었다.

인간의 인지 속도를 한참 초월한 움직임.

왼팔로 팔꿈치 안쪽을 붙잡는 동시에 오른팔로는 콜론의 복부에 발경을 먹였다.

콰직!

딛고 있는 바닥이 쩌저적 갈라졌다. 쇄도하던 힘을 가볍게 압도하는 경력이 콜론의 몸뚱이를 밀어냈다.

반면 적시운은 두 발로 버티고 섰다. 콜론의 오른팔을 꽉 붙든 채. 결과적으로 콜론의 팔꿈치가 탈구되었다.

"끄윽!"

격통 속에서도 콜론은 젖 먹던 힘을 다해 버텼다. 그러나 말을 듣지 않은 오른손이 인페르노 액스를 떨어뜨렸다.

적시운이 팔을 놓는 동시에 도낏자루를 쥐었다.

"네놈!"

격노한 콜론의 육체가 한층 부풀었다. 도끼를 쥔 적시운은 왼발을 축으로 회전하고 있었다.

화르르륵!

붉은빛으로 타오르는 도끼날. 그러나 잠시 후, 시커먼 기운이 화염을 감쌌다.

검게 타오르는 불꽃의 궤적이 콜론의 목젖을 노리고 들었다.

피해야 한다.

머리로는 인식했지만 자존심이 용납하지 못했다. 그리고 무엇보다도 피하기에는 적시운의 움직임이 너무나 빨랐다.

"으아아아!"

뚝!

고요가 찾아왔다. 포효도 비명도 그 고요에 모조리 삼켜졌다.

머리를 잃은 거구가 스르륵 무너졌다.

5

두근. 두근.

심장이 미칠 듯이 약동한다. 강렬한 허기가 배 속을 타고 올라 척추까지 울리는 듯하다. 손끝의 감각이 얼룩처럼 남아 사라지질 않는다.

덜그렁.

인페르노 액스가 손아귀에서 흘러내렸다. 적시운은 그제야 이성을 되찾고는 눈을 깜빡였다.

콜론 베이터의 시체는 형체조차 알아볼 수 없을 지경이었다. 베이는 순간 체내로 침투한 천마검기에 의해 안으로부터 갈가리 찢겨 나간 탓이다.

그 와중에 인페르노 액스의 불길이 붙어 타오르는 중.

복수심에 미쳐 부하들을 사지로 몰아넣은 그였으니 제법 어울리는 최후라 할 수 있었다.

[정말 중요한 건 그게 아니지. 안 그런가?]

천마가 적시운의 귓가에 속삭였다. 그 어느 때보다도 은근한 음성으로.

[파괴욕은 모든 인간의 본성일세. 다만 이를 규제하기 위한 법도와 규약에 의해 억눌려 있을 뿐.]

"……."

[천마신공과 함께라면 그 모든 억압을 깨부술 수 있네. 자네를 가로막는 모든 것을 무릎 꿇리고 군림할 수 있네.]

적시운은 무거운 숨을 토했다. 육체를 고양시키던 흥분감이 차츰 사라져 갔다.

“그래서, 하고 싶은 말이 뭔데?”

[자네는 이미 알고 있지 않은가?]

천마가 빙긋 웃었다. 승리자의 미소였다.

“뻔한 얘기로군.”

적시운은 혀를 찼다.

“내면의 괴물 같은 것을 두려워해서 힘쓰는 걸 자제한다거나 할 만큼 난 멍청하지 않아. 괜한 걱정일랑 마셔.”

[그렇다면 다행이네만, 그렇게 자부하는 이들도 때때로 두려움에 잠길 때가 있는 법이지.]

“난 절대 그럴 일 없다…… 고 말하고 싶지만, 솔직히 확신은 못 하겠군. 세상일은 알 수 없는 거니까.”

적시운은 떨어뜨린 인페르노 액스를 집었다. 과연 에픽 등급 냉병기답게 전력으로 천마검기를 실었음에도 멀쩡했다.

성큼성큼 걸어간 적시운이 돌연 오른팔을 뒤로 당겼다. 그리고 발리스타가 쇠뇌를 날리듯 전방을 향해 도끼를 집어 던졌다.

쾅! 콰광! 쾅!

몇 개의 벽을 뚫고 날아간 도끼가 무언가에 꽂혔다. 도끼날이 짜르르 공명하는 동안 비명과 인기척이 흩어졌다.

적시운은 자신이 뚫어놓은 구멍 너머로 느긋하게 걸음을 옮겼다. 인페르노 액스는 콘크리트 기둥에 꽂혀 있었다. 세로로 쪼개진 기둥은 당장에라도 갈라질 듯한 모습이었다.

그리고 그 옆. 스펙터의 공대원들이 움찔거리며 서 있었다. 총구는 내려놓은 모습. 전의를 상실했다고 봐도 좋을 듯했다.

"도망칠 거라 생각했는데 아닌가 보네?"

"……달아나 봐야 무의미할 테니까."

대표 격의 사내가 입을 열었다. 반백발의 중년 사내. 척 봐도 우두머리라는 게 느껴졌다.

"공대장인가?"

"그렇소. 오슬로 스캠프요. 그리고 귀하는 아마도……."

20대 중후반의 동양인 사내. 그것만 봐도 대략 정체가 그려졌다.

"에픽 레벨 샌드웜을 홀로 쓰러뜨린 주인공이시겠군."

"내가 누군지도 모르고서 습격했다는 건가?"

"그렇소."

"콜론은 좋겠군. 부하라는 것들이 이렇게나 맹목적이어서."

"……."

"그래서, 하고 싶은 말이라도 있나?"

오슬로의 시선이 인페르노 액스의 도끼날을 훑었다. 그것만으로도 결착이 어떻게 났는지 알 것만 같았다. 오슬로는 눈을 지그시 감고서 말했다.

"무조건 항복하겠소. 부디 우리를 용서해 주셨으면 좋겠소."

몇몇 공대원이 움찔거렸다. 치욕스럽다고 느끼는 모양이었으나, 오슬로가 날카로운 눈빛을 보내자 고개를 푹 숙였다.

승패는 정해졌다. 더군다나 그들이 일방적으로 기습을 한 입장. 엎드려 목숨을 빌어도 시원찮을 판이었다. 억울할 수야 있겠지만, 그 대상이 적시운이 되어선 안 됐다.

"내가 만나본 콜론 베이터는 머저리였다."

철컹.

적시운이 인페르노 액스를 뽑아 들었다.

"하지만 머저리라고는 해도 너희 우두머리였지. 나는 놈의 무기로 놈의 머리를 날려 버렸고. 그런 내게 복수는커녕 자비를 구걸하는 건가?"

"아마도 몰염치하게 들릴 거라 생각하오만…… 우리와 콜론 베이터 사이에 끈끈한 유대나 정 같은 것은 애초부터 없었소."

"우습군. 살아 있을 적엔 아무 말도 못 하다가 죽고 나니 뒷담화인가?"

"부끄러운 일이라는 것은 알고 있소. 하지만 사실은 사실이오. 게다가……."

오슬로가 조심스럽게 말했다.

"그자와의 대화를 통신기로 유출시킨 것은 다름 아닌 귀하가 아니오?"

"머리가 아주 안 돌아가는 건 아니군."

"우리를 소모품 취급하는 얘기까지 들은 이상, 콜론 베이터에게 챙겨야 할 의리 같은 것은 없소."

"좋아, 놈과의 관계는 청산했다고 여겨주지. 하지만 나는 네 부하들을 여럿 죽였어. 그들의 복수는 어쩔 거지?"

"그건 어디까지나 사고였을 뿐이오. 아둔한 지휘관의 그릇된 판단으로 인해 벌어진……."

입술을 질끈 깨물 오슬로가 말했다.

"희생된 부하들에겐 미안한 얘기지만, 어쩔 수 없이 감내해야 할 부분이오."

"포장해서 말해봤자 책임 회피로밖엔 안 들려."

"그렇게 들리더라도 어쩔 수 없겠지. 나는 무력하오. 살아남은 부하들의 목숨을 구걸하기에도 벅찰 만큼."

"흥."

코웃음을 친 적시운이었으나 오슬로를 더 몰아세우진 않았다. 그의 말마따나 오슬로와 그의 공격대는 운이 없었을 뿐이었다.

"하나만 더 묻지. 콜론 베이터 혼자서 이 짓거리를 저질렀을 리는 없어. 뭔가 아는 바가 있나?"

"의뢰주는 시타델 지방 정부였소."

오슬로가 일말의 지체도 없이 말했다.

"1급 반역 행위를 저지른 국가 반역자가 레스토랑 안에 있을 거라고 했소. 그 안에 있는 이들을 모조리 제거하라는 게 그쪽의 의뢰였소."

"그리고 너흰 그걸 곧이곧대로 믿었다는 거군. 등신들도 아니고."

"……."

"정확한 의뢰주는?"

"조로아스터. 사무국장인 조로아스터 안젤모요."

"알겠다."

휘잉!

한 줄기 바람이 불었다. 화살처럼 날카로운 바람은 오슬로의 목덜미를 아슬아슬하게 훑고 지나갔다.

"……!"

반응조차 제대로 하지 못했다. 오슬로의 목덜미에 닿아 있는 도끼날. 그 아래로 가느다란 선혈이 흘렀다. 조금만 힘을 줬다면 그대로 토막이 났을 터. 직접 보고도 믿지 못할 스피드와 기술이었다.

"큭!"

뒤늦게 알아챈 공대원들이 무기를 집어 들려 했으나 오슬로가 일갈했다.

"멈춰! 허튼짓을 하는 놈은 내 손으로 때려죽일 테다!"

움찔한 공대원들이 무기를 내렸다. 오슬로는 식은땀을 흘리며 적시운을 돌아봤다.

"자비에…… 감사드리오."

"주방 안에 보면 여기 직원들과 여자 하나가 있을 거다."

적시운은 인페르노 액스를 거두어 어깨에 걸쳤다.

"너희가 호위해서 무사히 귀가시키도록 해."

"알겠소."

"말 안 해도 알 거라고 보지만, 허튼짓이라도 벌인다면 내가 직접 찾아갈 거다."

"……."

"어떻게 될지 궁금하다면 한번 시도해 보든가."

"내 목숨을 걸고 맹세하지. 오늘 밤 이곳의 어느 누구에게도 해가 미치지 않을 것이오."

적시운은 대꾸하지 않고서 걸음을 옮겼다. 아직 군데군데에서 타오르는 불길 너머로 적시운의 신형이 사라졌다. 겨우 목숨을 건졌음을 깨달은 오슬로가 그대로 주저앉았다.

레스토랑 밖으로 나온 적시운이 돌연 자세를 숙였다. 그러고는 굴러다니는 파편 하나를 쥐고는 어둠을 향해 던졌다.

퍼석.

콘크리트 파편이 깨져 나가는 소리. 그 이상의 반응은 돌아오지 않았다.

“용건이 있으면 나오시지. 쥐새끼처럼 숨어만 있지 말고.”

어둠 너머로 말을 내뱉고 나서 기다려 보았으나 반응은 없었다.

1분쯤 지났을까. 적시운은 자리에서 일어나 다시 걸음을 옮겼다.

‘누군가가 이곳에 있었다.’

A랭크 염동술사의 감지망은 물론, 기감으로도 제대로 감지하지 못했다. 그래도 대강 정체가 무엇일지는 짐작이 되었다. 어쨌든 당장의 목표는 따로 있었기에 신경 쓰지 않기로 했다.

‘때가 되면 마주칠 날이 오겠지.’

적시운이 사라지고 나서 몇 분 후, 파편 부스러기가 남아 있는 자리에 자그만 실루엣이 나타났다.

“진짜 성깔 더러운 아저씨네. 도와주러 와준 사람한테 말하는 것 좀 봐.”

두 손을 허리에 얹은 소녀가 투덜거렸다. 녹색이 섞인 은

발이 달빛을 받아 반짝였다.

"뭐, 그래도 재미있는 걸 봤으니 그걸로 위안 삼아야 하려나."

적시운이 어느 방향으로 향했는지는 대강 짐작이 되었다. 지금부터 무얼 하려는지도.

"사람 참 설레게 말이야."

빙긋 미소 짓는 소녀의 모습이 어둠에 녹아들었다.

적시운은 스트롱홀드의 데스크 앞에서 멈추었다. 한밤중임에도 제법 많은 인원이 1층 로비를 메우고 있었다.

적시운을 알아본 안내원이 미소를 지었다.

"환영합니다, 적시운 님. 무슨 용무로 찾아오셨는지요?"

"조로아스터는 어디에 있지?"

"사무국장님께서는 프라이빗 룸에 계십니다. 찾아오셨다고 알려드릴까요?"

"아니, 됐어. 내가 직접 찾아가지."

적시운의 대답에 안내원이 난색을 표했다.

"죄송하지만 지금은 늦은 밤이라…… 일단 찾아오셨다고 알려드린 후에 답변을 받아야 할 것 같습니다."

적시운은 뒤로 물러났다. 굳이 이런 쓸데없는 절차를 거칠 필요 따윈 없었기에.

"말하려거든 마음대로 해."

몸을 돌린 적시운이 건물 밖으로 향했다. 수화기를 집어든 안내원이 당황하여 말을 더듬었다.

"저, 적시운 님?"

밖으로 나온 적시운이 스트롱홀드를 올려다봤다. 조로아스터의 개인실이 몇 층 몇 호인지는 모른다. 하지만 놈의 위치를 찾아내는 건 어려운 일이 아니었다.

기감을 펼치자마자 감지되는 기운. 적시운은 곧장 땅을 박차고 치솟았다.

파앙!

대기를 가르며 수십 m를 날아오른 적시운. 스트롱홀드의 외부 방어 시스템이 가동되어 숨겨진 총구들이 모습을 드러냈지만 조금도 개의치 않았다.

쾅!

허공을 박차고 방향을 전환, 그대로 창문을 꿰뚫고 들어갔다.

"……!"

책상 앞에 앉아 있던 사내가 화들짝 놀라 몸을 일으켰다. 적시운은 표정 없는 얼굴로 걸음을 떼었다.

위이이잉!

건물 전체에 울려 퍼지는 경보음. 요격 시스템에 의해 방안에 장치된 총화기들이 고개를 쳐들었다.

하지만 적시운이 더 빨랐다. 단번에 치고 들어가 권장지각만으로 실내 방어 체계를 초토화시켰다.

끼이이익!

구부러진 총구를 내던진 적시운이 조로아스터를 향해 걸어갔다. 새하얗게 질려 있던 조로아스터가 이내 냉소를 머금었다.

"마침내 본색을 드러내는군. 네놈은 역시 시타델의 암덩어리……."

"다물어."

적시운이 조로아스터의 턱을 올려쳤다. 일격에 죽여서는 안 됐기에 최대한 힘을 억제하여 갈긴 것이었다. 한데 그것만으로도 조로아스터는 눈앞이 하얘지는 기분이었다.

"큭! 커억!"

힘을 풀어놓는 것보다도 억제하는 것이 몇 배는 어려운 법.

적시운은 내공뿐 아니라 기본 근력까지 제어하기 위해 최선을 다했다. 그래야 죽이지 않고서 두들겨 팰 수 있으니까.

빽!

복부를 파고든 주먹에 조로아스터의 몸이 기역 자로 꺾였다.

"끄…… 허!"

쫙 편 손등으로 뺨을 올려붙였다. 이어서 손바닥으로 반대편 뺨을 후렸다. 마지막으로 이마를 밀어내듯 올려쳤다.

조로아스터는 코와 입으로 피를 쏟으며 바닥을 굴렀다.

"크헉! 헉!"

"난 사람 패는 데에 희열을 느끼는 변태 성욕자는 아니지만, 당하고 나서도 허허 웃는 머저리는 더더욱 아냐."

적시운이 조로아스터를 향해 저벅저벅 걸어갔다.

"그 사실을 뼈저리게 느끼게 해주지."

6

위이이잉!

적색경보가 스트롱홀드를 뒤흔들었다. 상시 주둔 중인 빌딩 내 수비대가 황급히 집합했다. 주변 길드의 지원 부대 또한 연락을 받고서 출동했다. 그 와중에도 명확하게 상황이 파악되진 않았다. 그저 상층부가 외부의 공습으로 박살 났다는 것과 사무국장 조로아스터가 이에 휘말렸다는 것만이 알려졌을 뿐.

상황은 오스카리나 백작의 귀에까지 흘러들어 갔다. 그녀는 일말의 주저도 없이 집무실 밖으로 뛰쳐나왔다.

"내가 직접 확인해야겠다. 요원들을 이끌고 따라오도록."

"하, 하오나……."

"내 뜻에 반하겠다는 건가?"

"아닙니다, 각하."

그녀를 말리려던 수석 요원이 눈을 내리깔았다. 실피드의 사직으로 인해 얼떨결에 수석 자리에 올랐을 뿐. 허수아비에 불과한 수석 요원이 오스카리나를 말린다는 건 불가능했다.

백작과 요원들, 그리고 수비대는 곧장 공습당한 장소로 향했다.

조로아스터가 그곳에 있었다. 엉망진창이라고밖에는 표현할 수 없는 몰골로.

"끄윽, 큭."

느긋하기까지 한 손길에 의해 조로아스터의 머리채가 끄집어 당겨졌다. 이윽고 일말의 감정도 실리지 않은 주먹이 그의 얼굴에 꽂혔다.

"크억!"

주먹에 적중당한 조로아스터가 땅을 뒹굴었다. 그 뒤를 쫓아간 사내가 이어서 복부를 발로 찼다.

어마어마한 타격도 아니고 대단한 스킬이 섞이지도 않았다. 각각의 공격에 섞여 있는 노력이란 그저 최대한 힘을 절제하기 위한 것에 불과했다.

전력을 다해 힘을 억제하여 죽지 않는 선에서 두들겨 팬다.

적시운은 그렇게 조로아스터를 구타하고 있었다.

“큭!”

수석 요원이 이를 악물었다. 사무국장을 구해야 한다. 머리로는 그걸 알겠는데 명령이 도무지 떨어지질 않았다. 사무국장을 무자비하게 두들기고 있는 사내가 누군지 알고 있는 까닭이었다.

“지금 당장.”

오스카리나가 입을 열었다.

“스트롱홀드에 걸린 비상경보를 해제하도록 해.”

“예?”

얼떨결에 반문하는 수석 요원.

오스카리나가 아미를 찌푸렸다.

“세 번 말하진 않겠다. 현 시간부로 비상경보를 해제한다. 상황은 종결되었고 자세한 발표는 내가 직접 차후에 내릴 것이다. 이해했나?”

수석 요원은 무의식중에 흘러나올 뻔한 ‘하지만’이라는 단어를 황급히 집어삼켰다.

“아, 알겠습니다.”

“이해했다니 다행이군. 어서 가라. 수비대 또한 해산시키도록.”

"알겠…… 습니다."

가까스로 대답하는 수석 요원. 그 와중에도 시선은 적시운과 조로아스터에게 팔려 있었다. 둘의 대화가 이어지는 중에도 집요하게 이어지는 무자비한 폭력에.

이제는 시타델의 대부분이 알고 있다. 적시운이란 사내가 지닌 힘이 어느 정도인지. 그것이 전부가 아니라는 것 또한.

그런 관점에서 보자면 적시운의 폭력은 극도로 절제되었기에 무시무시한 것이었다.

이능력을 지니지 못한, 어디까지나 일반인에 불과한 조로아스터. 그런 그가 족히 십여 분 이상을 두들겨 맞았는데도 아직 숨을 유지하고 있었다. 극도로 세심한 절제력이 아니고선 불가능한 일이었다.

'적으로 돌려선 안 될 인간이다.'

수석 요원은 마른침을 삼키고서 병력을 물렸다. 백작의 명령도 명령이지만 이 자리를 빨리 피하고픈 본능이 더욱 컸다.

부하들이 물러나고 세 사람만 남았다. 적시운은 그 와중에도 조로아스터의 어깨를 지그시 밟고 있었다. 두 팔은 손끝을 세심하게 비트는 중.

이어질 상황이 오스카리나의 머릿속에 선명하게 그려졌다.

"잠시만!"

무시하고서 어깨를 비틀어버릴 것이다. 그렇게 생각한 오스카리나가 질끈 눈을 감았다.

하지만 조로아스터의 비명은 이어지지 않았다. 눈을 뜬 그녀 앞에 적시운은 조금 전의 자세를 유지한 채 서 있었다.

"난 당신을 막으려는 게 아냐. 당신에게 맞서려는 것도 아니고."

오스카리나가 조심스럽게 말을 꺼냈다.

"그래도 조금이나마 설명해 주면 안 될까? 어째서 당신이 분노했는지, 왜 조로아스터에게 그 분노를 표출하는 건지."

"틀렸어."

적시운의 어조는 소름 끼치도록 차분했다.

"나는 분노하지 않았어. 이건 단순한 화풀이나 감정의 발산 같은 게 아니다."

"화풀이가 아니라면 대체 왜……?"

"확실하게 보여둬야 하니까. 나를 엿 먹이려 들면 어떻게 되는지를."

"……!"

오스카리나는 시선을 내려 조로아스터를 보았다. 피딱지가 진 머리칼 사이로 공포에 질린 눈동자가 바들거리고 있었다.

"조로아스터! 대체 무슨 짓을 한 거야?"

"아, 으아아……."

"대답해!"

"아마도 힘들 거야. 입안이 터져서 혀만 굴려도 찢겨 나갈 것처럼 아플걸."

적시운이 대신 대답했다. 예의 차분하기 짝이 없는 어조로.

기실 조로아스터의 상태는 좀비나 다름없었다. 아무리 힘 조절을 했다고 해도 고통을 주기 위한 가격. 그런 것에 십여 분 넘게 두들겨 맞고도 멀쩡하다면 말이 안 됐다. 이미 몇 번을 까무러쳤어도 이상하지 않을 상태. 그럼에도 정신이 말짱한 이유는 간단했다.

스스스스.

지금 이 순간에도 적시운이 직접 조로아스터의 체내에 내공을 불어넣는 중이기에.

'간단히 기절하게 둘 수야 없지.'

체내로 침투한 내공은 조로아스터의 선천진기를 극도로 활성화시켰다. 육체의 잠재력을 극한까지 끌어올린 셈. 그런 만큼 맷집과 체력이 눈에 띄게 늘어날 수밖에 없었다.

물론 이후에 이어질 부작용은 상상할 수도 없는 수준일 터. 적시운은 그것까지 상정하고서 조로아스터의 진기를 끌어올렸다. 완전히 파멸시키기로 작정한 것이다.

“아마도 네게 보고가 들어가진 않았겠지만…….”

적시운은 오늘 밤에 일어난 일을 설명했다. 레스토랑을 습격한 스펙터 길드, 복수심에 미쳐 버린 콜론 베이터, 그리고 이를 배후에서 지원한 조로아스터에 대한 것까지.

오스카리나는 두 손으로 입을 가린 채 침음을 흘렸다. 도저히 믿을 수 없다는 듯 떨리던 눈빛이 이내 조로아스터에게로 향했다.

“저 말이 사실이야?”

조로아스터는 물론 대답할 수 없는 상태. 그래도 눈동자에 드러나는 빛만으로도 알 수 있는 것이 있는 법이었다.

적시운의 말은 진실이다. 떨리는 조로아스터의 눈동자가 그렇게 말하고 있었다.

“어째서……!”

오스카리나는 이를 악물었다. 그녀는 이미 적시운에게 협력하겠다고 선언했다. 그것이 설령 협박에 의한 것이라 하더라도 결국은 그녀가 내린 결정. 조로아스터는 그 결정에 반기를 든 것이다. 배신이나 다름없는 행위. 오스카리나로서는 도저히 편들어줄 수 없는 행동이었다.

“하지만…….”

그렇더라도 조로아스터는 그녀에게 있어 보모나 다름없는 인물이었다.

"부탁이야. 이제 그만 그에 대한 분노를 풀어줬으면 해."

적시운에게 다가간 오스카리나가 무릎을 꿇었다.

"당신에게 있어선 때려죽여도 시원찮을 인간이겠지만……."

"또 틀렸어."

적시운이 조로아스터의 팔을 비틀었다. 으득 하는 소리와 함께 조로아스터의 어깨가 탈구되었다. 적시운은 쉬지 않고 곧장 조로아스터의 양 무릎과 팔꿈치를 뒤꿈치로 찍었다. 뼈가 바스러지는 소리가 연달아 울렸다.

"끄…… 으!"

바르르 몸을 떤 조로아스터가 그대로 널브러졌다. 마침내 실신한 것이었다.

"죽이진 않을 거다. 그건 너무 간단한 일이니까."

"……."

"하지만 확실히 보여둬야겠지. 나를 죽이고자 덤벼드는 놈들에게 내가 어떤 놈인지를 말이야."

적시운은 내공 주입을 멈추었다.

피이이이.

구멍 빠진 풍선 같은 소리.

선천진기가 바닥을 드러낸 조로아스터의 몸이 삽시간에 쪼그라들었다. 반백의 머리칼 또한 순식간에 새하얗게 세어서는 닭털 뽑히듯 뭉텅뭉텅 떨어져 나갔다. 문자 그대로 숨만 부지한 수준. 그녀가 알고 있던 조로아스터는 사라지고 철저히 파괴된 인간의 몸뚱이만이 남았다.

"사람 불러서 옮겨. 지금 옮기면 목숨은 건질 수 있을 테니."

"……알겠어."

고개를 끄덕인 오스카리나가 요원들을 불러 조로아스터를 옮기게 했다. 뒷수습이 진행되는 동안 두 사람은 오스카리나의 집무실로 향했다.

"당신 말대로라면 콜론 베이터는 이미 죽었다는 거네?"

"그래, 조로아스터보다는 안락한 최후를 맞았지."

오스카리나로선 도저히 그 말에 반박할 수가 없었다.

"그들과 손잡은 무리가 더 있을까?"

"나도 자세히는 몰라. 있다고 해도 당분간은 몸을 사리려 들겠지."

"결국 조로아스터를 저렇게 만든 건 그들에게 보내는 경고이기도 하다는 거네."

"그래."

오스카리나는 씁쓸한 얼굴로 한숨을 쉬었다.

"바보같이 왜 그런 짓을……."

적시운은 대꾸하지 않았다.

잠시 후, 겨우 감정을 추스른 오스카리나가 입을 열었다.

"스펙터 길드는 어떻게 했어? 설마 그들도 콜론과 함께 싹 쓸어버린 거야?"

"마수들만 좋을 일을 했을 리가. 절반 넘게 살려뒀어."

"그래, 그나마 다행이네."

그래도 두통이 생기는 건 어쩔 수 없었다. 황혼의 순례자 정벌군의 주축은 어디까지나 스펙터와 케르베로스, 두 길드와 데이브레이크였던 것이다. 그중 하나인 스펙터가 졸지에 궤멸했다. 그 대안을 생각하지 않을 수 없었다.

"그래서 말인데."

"알겠어, 그렇게 할게."

오스카리나는 두 눈을 동그랗게 뜬 채 적시운을 바라봤다.

"아직 아무 말도 꺼내지 않았는데?"

"그래도 대강은 예상할 수 있으니까. 내 길드더러 스펙터의 빈자리를 메우라는 것 아냐?"

"……응."

"그렇게 하도록 할게. 어차피 얼굴도 팔릴 대로 팔렸는데 이제 와서 뺄 수도 없고."

"아, 알겠어. 그럼 데이브레이크와 케르베로스 쪽엔 내가 잘 설명할게."

"케르베로스에만 설명해 둬. 아킬레스 영감한텐 내가 직접 말할 테니."

"영감?"

"늙은이잖아. 겉은 젊어 보여도."

오스카리나는 졌다는 심정이 들었다.

"벌써 그자와도 아는 사이라는 거네?"

"어쩌다 보니."

"그래, 그럼……."

오스카리나는 또다시 새어 나오려는 한숨을 애써 참았다.

"더 이상 피를 볼 일은 없는 거지? 이번 일로 인해서."

"그래."

"나를 의심하진 않는 거야? 내가 조로아스터에게 명령했을 수도 있는 거잖아."

"의심하지 않아."

"뭔가 낭만적인 이유가 있는 건 아닐 테고…… 역시 내 몸에 심어놓은 그것 때문이야?"

오스카리나의 몸속에 심어둔 고독, 폐혈고는 천룡혈독공의 고독 중에서도 기초 중의 기초에 불과했다. 그녀의 생각이나 의사에 반응할 만큼 고차원적이지 않다는 뜻. 어디까지나 적시운의 명령에 의해 작동할 뿐이었다.

하지만 그걸 일일이 설명하기는 애매한 일. 적시운은 그냥 고개를 가로저었다.

"그러면……?"

"그냥, 너는 연루되지 않았을 거라 생각했어."

논리적으로 설명하라면 못할 것 없는 일. 하지만 역시 구구절절 설명하는 것은 시간 낭비란 생각이 들었다.

소문은 시타델을 넘어 삽시간에 제국 전역을 강타했다. 마수 군단과의 첫 전투에서 개망신을 당한 걸로 모자라 단 한 명의 인간에게 목숨을 구원받고만 스펙터 길드.

그 굴욕감을 갚기 위한 치졸한 형태의 복수는 결국 처절한 응징으로 끝을 맺었다. 시대를 풍미할 뻔했던 스펙터란 이름은 그렇게 허무하게 사라졌다.

그리고 새로운 이름이 그 자리를 꿰찼다.

적시운, 그리고 데몬 오더.

파죽지세의 신성이 등장한 것이다.

7

"……그래서 해치웠습니다. 스펙터 길드의 마스터와 조로아스터를 말입니다."

데이브레이크의 기함 오디세우스, 그 날개 위. 적시운과 아킬레스는 상공의 바람을 맞으며 서 있었다.

오디세우스는 시타델의 상공을 천천히 순회하고 있었다. 일종의 시범 기동. 지난 전투에서 파손된 부위의 수리가 제대로 되었는지 확인하기 위함이었다.

"흐음."

설명을 모두 들은 아킬레스가 팔짱을 끼었다.

"결국 자네는 일방적으로 습격을 당했다는 거군. 그 보복으로 콜론과 조로아스터를 부숴 버렸고."

"엄밀히 말해 보복은 조로아스터에게만 했습니다. 콜론 베이터의 경우엔 정당방위라고 봐야겠죠."

"오스카 백작과는 얘기가 끝난 건가?"

"예, 다행히 그녀도 제 결정을 이해해 줬습니다."

"그것을 정말 이해라고 봐야 할지는 의문이지만 말이지."

"……."

"여하간 그녀와 얘기가 끝났다면 나 또한 불만은 없네. 스펙터의 빈자리가 메워진다면야 쌍수를 들고 환영할 일이지."

길드 연합의 한 축이 스펙터에서 데몬 오더로 바뀐다. 객관적 전력을 생각한다면 아킬레스로서는 기뻐할 일이었다. 적시운이란 존재를 연합이란 틀 안에 둘 수 있는 기회이기도 했고.

"다만."

적시운이 말했다. 마치 아킬레스의 생각이라도 읽은 것처럼.

"저와 제 길드는 연합과는 별도로 움직이게 해줬으면 합니다."

"별도로? 별동대처럼 말인가?"

"예."

아킬레스의 미간이 살짝 일그러졌다.

"우리는 영양가 있는 전장에만 투입되어 엑기스를 뽑아먹겠다. 마치 그런 의도처럼 들리네만."

"부정하진 않겠습니다."

"다른 길드들이 반발할걸세. 자네도 알겠지만 연합을 구성하는 것은 데이브레이크와 케르베로스뿐만이 아니야. 크고 작은 길드 30여 개가 속해 있는 게 현재의 연합일세."

"전투에서 얻게 되는 모든 수익은 연합 측에 넘기겠습니다. 한 가지만 제외하고요."

"……꽤나 파격적인 제안이로군. 물론 그 한 가지가 무엇이냐에 따라 얘기가 달라지겠지만."

"아포칼립틱 코어."

적시운이 말했다.

"코어를 제외한 마수에서 얻어낼 수 있는 모든 수익을 넘기겠습니다. 시타델 정부와 기타 후원자들로부터 받게 될 지원금 및 상여금까지 전부 넘겨드리죠."

"흐음."

마수 사냥의 전리품 중에서도 코어의 가치는 단연 발군이었다. 하지만 압도적이라고 할 정도까진 결코 아니었다. 통계적으로 봤을 때 전체 수익의 4할에서 5할 사이. 후원금까지 포함한다면 3할가량이라고 볼 수 있었다. 즉, 수입의 7할을 연합에 그냥 넘기겠다는 것. 연합 입장에선 결코 나쁜 거래가 아니었다.

"그만큼 연합에 얽매이기 싫다는 말처럼 들리는군그래."

"정치꾼 노릇은 체질적으로 맞지 않아서요."

"코어를 독점하겠다는 데에도 필시 이유가 있을 것 같군. 시세 차익이라도 보겠다는 건가?"

"좋을 대로 생각하십쇼."

"흐음."

아킬레스의 고민은 그리 길지 않았다.

"알겠네. 일단 데이브레이크는 자네의 판단을 존중하기로 하지. 케르베로스나 다른 길드들이 어떻게 나올지는 모르겠네만."

"그들을 설득할 만한 힘을 갖고 있잖습니까."

"그걸 자네를 위해 써달라고?"

"본인의 목표를 위해 쓰라는 겁니다."

아킬레스의 목표, 황혼의 순례자의 완전 말살. 다시 말해 적시운은 그 목표를 이루게 해주겠노라 선언한 셈이었다.

"하."

아킬레스가 헛웃음을 지었다.

"다른 놈이 그런 소릴 건방진 소릴 지껄였다면 한 방 갈겨줬을 걸세."

"그러지 않는다는 건 그만큼 기대가 크다는 뜻일 테고요."

"부정하진 못하겠군. 하지만 너무 기고만장하지는 말게. 무릇 세상일이란 한 치 앞도 알 수 없는 법이니."

"그쯤은 알고 있습니다."

몸을 돌린 적시운이 날개의 끄트머리로 걸어갔다. 하지만 곧바로 뛰어내리진 않았다.

"하나만 물어봐도 됩니까?"

"뭔가?"

"펜타그레이드 중에는 어린아이도 있습니까? 그러니까, 대략 10대 초반의 여자아이 말입니다."

"……."

아킬레스의 표정이 미세하게 굳었다. 어둠 속에서 확인하기엔 실로 희미한 변화에 불과했지만 적시운의 눈은 이를 놓치지 않았다.

"펜타그레이드 내에 어린 소녀는 없네. 가장 나이 어린 친구가 20대 후반이지."

거짓말을 하는 눈은 아니다. 하지만 진실을 말하는 눈 또한 아니었다.

뭔가가 있다. 적시운은 그것을 감지했지만 구태여 더 캐묻지는 않았다. 닦달해 봐야 대답을 듣지 못할 것을 알았기에.

"알겠습니다. 그럼……."

적시운의 신형이 날개 아래로 사라졌다.

"……."

홀로 남은 아킬레스가 어두운 하늘을 응시했다.

"그 녀석이 온 건가."

"으음."

네이트가 미묘한 침음을 흘렸다. 희미하지만 분명 불만이 섞여 있는 소리였다. 아킬레스는 피식 웃었다.

"내 결정이 마음에 안 드는 모양이군."

"그렇지 않습니다. 다만……."

"다만?"

"역시 좀 의심스러운 부분이 있어서 말입니다. 아킬레스 님이 아니라 그 동양인에게요."

사실 여러모로 미심쩍은 점이 많기는 했다. 단순히 망신을 당했다는 이유만으로 복수를 결심한 콜론의 태도. 더불어 이를 배후에서 지원한 조로아스터의 행동은 당위성이 떨어져 보였던 것이다.

하지만 세상을 움직이는 것은 결국 힘의 원칙. 에메랄드 시타델과 오스카리나 백작부터가 데몬 오더에 대한 지지를 표명했다.

퀀텀 리퍼 아킬레스 또한 적시운의 손을 들어줬다. 그 두 가지 사실만으로도 상황은 끝난 것이나 다름없었다.

케르베로스가 결사반대만 하지 않는다면 일사천리로 일이 진행될 터였다. 그리고 케르베로스가 반대할 확률은 순례자가 갑자기 비명횡사할 확률보다도 낮았다. 오히려 그들은 누구보다도 적시운과 데몬 오더를 극진히 대접할 것이다. 앓는 이를 시원하게 뽑아준 장본인이니.

대외적으로 공표만 안 됐을 뿐, 데몬 오더는 이미 스펙터의 자리를 완벽하게 꿰찼다고 볼 수 있었다. 별도 행동이라는 전대미문의 특혜까지 등에 업은 채.

"그러니…… 그에 상응하는 대가는 받아내야 할 것 같군요."

"대가라고 했나?"

반문하는 아킬레스의 어조가 미묘했다. 네이트는 그 점을 알면서도 태연히 말을 이어 나갔다.

"예, 대가 말입니다. 우리가 특혜를 주는 셈이니 데몬 오더는 응당 그에 대한 보답을 해야겠지요. 우리에게 빚을 진 셈이니까요."

"흠, 글쎄. 나는 딱히 그걸 빚이라고 생각하지 않는데. 적시운 그 친구도 그럴 테고."

"아킬레스 님께서 그자를 아끼신다는 건 압니다. 하지만 사적 친분과 길드 간의 관계는 별개의 문제 아니겠습니까?"

"그래도 나로서는 말리고 싶군그래."

느긋한 태도로 소파에 누운 아킬레스가 말했다.

"목숨처럼 아끼는 오른팔을 잃고 싶진 않거든."

"……."

그 오른팔이 의미하는 게 뭔지는 구태여 반문할 것도 없었다. 네이트의 침묵 속에서 아킬레스가 말을 이어 나갔다.

"그 친구, 결국 조로아스터를 죽이진 않았더군. 사실상 자신을 암살할 계획을 총지휘한 작자인데도 말이야."

"오스카리나와의 관계를 생각해서 그런 게 아니겠습니까? 백작의 오른팔을 죽인다면 차후에 껄끄러워질 테니……."

"그런 생각이었다면 죽은 것만도 못한 신세로 만들어버리지도 않았겠지. 조로아스터의 상태가 어떤지는 알고 있지 않나?"

"……예."

네이트는 앞서 전송받은 파일을 떠올렸다. 해킹을 통해 몰래 빼낸 기밀 자료. 그 안엔 조로아스터의 상태 역시 상세히 기록되어 있었다.

'완치 불가능한 뇌 손상을 비롯해 체내 장기의 80% 이상이 파열됨. 으스러지지 않은 뼈가 없으며 생체 조직의 노화 또한 심각.'

아킬레스의 말마따나 죽은 것만도 못한 신세였다. 완전한 재활은 불가능한 일. 일상생활을 영위하는 것조차 불투명했다. 기적적으로 의식을 차린다고 해도 예전의 조로아스터를 기대할 순 없을 터였다.

"적시운 그 친구는 자비를 베푼 게 아니야. 오히려 죽음보다도 더한 형벌을 내린 셈이지."

"……."

"강하고 약하고를 떠나서 그렇게 독한 상대를 적으로 돌리고 싶지는 않다는 게 내 솔직한 심정이야."

"아킬레스 님……."

"자네도 이제는 어렴풋하게나마 눈치챘을 테지. 적시운 그 친구에겐 이능력 이상의 무언가가 있다는 것을."

"그건……."

"그게 무엇인지는 나도 잘 몰라. 하지만 적으로 돌릴 경우 성가시리란 것만은 알지."

아킬레스의 말뜻을 이해한 네이트가 고개를 살짝 숙였다.

"무슨 말씀인지 잘 알겠습니다. 조금 전의 얘기는 잊어주십시오."

"음, 그건 그렇고 말이지."

잠시 뜸을 들인 아킬레스가 말했다.

"에블린이 이곳 시타델을 방문한 모양이야."

네이트의 얼굴에 전에 없던 긴장감이 피어났다.

"다크 레이븐 에블린이 말입니까?"

"그래, 보아하니 적시운과 이미 조우한 모양이더군."

"……우리를 돕기 위해 온 걸까요?"

"그럴 거라고 생각하나?"

아킬레스의 반문에 네이트는 차마 그렇다고 대답할 수가 없었다. 아킬레스만큼은 아니지만 그녀에 대해 꽤나 잘 알고 있다고 자부하기 때문이었다.

"그저 재미는 구경거리가 생겼다 싶어서 찾아온 것이겠지요."

"음."

아킬레스나 데이브레이크에 도움이 되고 싶었다면 이미 오래전에 찾아왔을 것이다. 그녀는 이 전투에 일절 개입하지 않을 것이다. 네이트는 그렇게 확신할 수 있었다.

'펜타그레이드란 본디 그렇게 제멋대로인 인간들이니.'

아킬레스와 동등한 존재, 황제 휘하 최강의 5인. 살아 있는 전략 병기라 할 수 있는 자들이었다.

하지만 그 강대한 힘만큼이나 제멋대로의 성격을 지니고 있었다. 게다가 내면적으로는 위험한 경쟁의식까지 존재했다. 자신이 여타 펜타그레이드보다 빼어나다는 것을 증명하고 싶어 하는 일그러진 욕망이었다.

그리고 빼어남의 증명이란 물론, 더 오래 살아남는 것. 그들은 최후에 웃는 자가 진정한 승자라는 지론을 충실히 따르고 있었다. 그렇다 보니 서로가 힘을 합친다는 것은 생각조차 못 할 일이었다.

'그나마 에블린은 그런 면이 덜한 편이라지만…….'

협조를 바라기는 역시 어려울 터. 오히려 방해나 하지 않기를 기도해야 할 것이었다.

"……그러니까, 그렇게 됐어."

설명을 마친 적시운이 한 차례 고개를 돌렸다. 하나같이 어안이 벙벙한 얼굴들. 하기야 하룻밤 새에 그 모든 일이 벌어졌다는 게 쉽사리 믿길 리가 없었다.

"어, 음. 그러니까요."

아티샤가 어색하게 말문을 열었다.

"적시운 님이 스펙터 길드를 쓸어버리고 사무국장까지 박살을 내버렸다는 말씀이죠?"

"그래."

"내전 같은 게 벌어지진 않는 거고 말이죠?"

"어떤 형태의 복수나 반격도 없을 거다."

적시운의 단언에도 일행은 서로의 눈치만 살필 따름. 그 와중에 클라리스가 방 안으로 들어섰다.

"말씀대로 데리고 왔어요."

뒤따라 들어오는 사내는 오슬로였다.

8

오슬로는 적시운의 명령에 따라 원피스 차림의 여성, 클라리스를 에스코트해 주었다. 그녀를 인질로 삼는다거나 따위의 생각은 하지도 않았다. 눈 하나 깜짝하지 않고서 콜론을 쳐 죽인 괴물 같은 인간이 고작 여자 하나에 찔끔거릴 거라고는 도저히 상상할 수가 없었다.

수하들은 생각이 조금 다른 모양이었다. 도심으로 들어서기 직전, 여자를 제압하는 게 어떻겠냐는 수신호를 보내왔다. 오슬로 또한 수신호로 답변했다. 뒈지기 싫거든 쓸데없는 생각일랑 말라고.

그 와중에 클라리스와 눈이 마주쳤다. 그녀는 오슬로를 응시하며 빙긋 웃었다. 매력적인 미소가 말을 건네는 것만 같았다.

잘 생각했어요.

그리고 다음 날이 되었을 때, 오슬로는 다시 한번 안도했다. 자신의 촉이 틀리지 않았다는 데 대하여.

스펙터 길드라는 것은 처음부터 존재하지 않았다. 마치 온 세상이 그렇게 돌아가는 것만 같았다. 길드 연합과 관련된 모든 공개 자료에서 스펙터의 이름이 싹 지워졌음을 알아챘을 땐 오싹 소름이 돋을 지경이었다.

겁에 질린 공대원들이 칭얼거리기 시작했다. 어서 달아나자고, 이 악몽 같은 곳을 떠나 본거지로 돌아가자고.

오슬로는 그 요청들을 묵살했다. 이곳이 좋기 때문은 아니었다. 지금 돌아가 봐야 미래는 없다는 판단에서였다.

황야의 법칙은 냉혹하고도 살벌하다.

강자는 약자 위에 군림한다.

그 정당한 법칙에 의거하여 스펙터 길드는 강자로서 군림해 왔다.

다시 말해, 그만큼 적과 원수도 많다는 것.

길드 마스터가 죽은 걸로 모자라 공격대 또한 궤멸적인 타격을 입었다. 이미 소식은 전파를 타고서 제국 곳곳으로 퍼져 나갔을 터. 돌아가 봐야 복수의 칼날을 갈고닦은 적들의 환대만 받을 것이 뻔했다.

결단코 화목한 결말로는 끝나지 않을 환영사 뒤에 남는 것은 죽음뿐일 테지.

그렇게 전전긍긍하던 와중, 클라리스가 그들을 찾아왔다. 어제와는 다른 말끔한 정장 차림. 도수 없는 안경까지 굳이 써서는 이지적인 분위기를 연출하고 있었다.

"이번엔 무슨 일이지?"

날이 선 오슬로의 질문을 그녀는 미소로써 받아쳤다.

"알고 계실 텐데요?"

'무엇을?'이라고 묻는 것은 멍청한 짓일 것이다. 이미 이 여자는 오슬로의 머릿속을 꿰뚫어 보고 있었다. 그들이 지닌 약점과 맹점이 무엇인지도.

보이지 않는 거미줄에 걸려 버린 셈이었다. 그 거미줄 뒤에서 웃고 있는 것은 비단 클라리스뿐만이 아닐 테고.

'적시운.'

오슬로는 생각했다.

'우리의 운명은 그 사내의 손에 달렸다.'

그렇게 오슬로를 비롯한 스펙터 길드의 잔당이 데몬 오더 길드에 투항했다. 클라리스는 이미 다른 쪽에도 손을 써두었다. 오슬로가 이끄는 제1공격대뿐 아니라, 첫 전투에서 살아남은 제2공격대와도 접촉했던 것이다.

1공격대와 달리 2공격대는 적시운에게 호의적이었다. 자신들의 목숨을 구해준 장본인이다 보니 당연한 반응이었다.

"두 공격대를 재편하여 하나로 합칠 예정이에요. 도합 24명이니 정확히 공격대 하나가 편성되는 셈이죠."

그렇게 데몬 오더의 전투 요원이 충당되었다. 며칠 사이에 5배 가까이 전력 강화가 이루어진 것이다. 물론 5배라는 건 어디까지나 머릿수에 국한된 얘기에 불과하긴 했다.

"저기, 그러니까 종합해 보자면 말이야."

헨리에타가 말했다. 급전개되는 상황에 허덕이는 느낌이었다.

"스펙터 길드가 당신을 암살하려 했고 그 보복으로 당신이 완전히 박살 내버렸다는 거지? 그 빈자리를 데몬 오더가 채우게 됐고, 이미 윗분들하고 얘기도 끝마쳤다. 맞아?"

"정확해."

"우선 한 가지만 물을게. 그럼 이자들은 당신에게 동료를 잃었다는 건데, 신뢰할 수 있겠어?"

적시운은 오슬로를 돌아봤다.

"그렇다는데?"

"우리는 프로페셔널이다. 공과 사를 구분할 줄은 안다. 어젯밤의 사태는 어디까지나 정당방위로 이루어진 것이었다."

"말로는 뭔들 못하겠어? 앞에서는 쿨한 척 내숭 떨다가 뒷구멍으로 무슨 짓을 할지 모르니까 문제지."

밀리아가 투덜거렸다. 오슬로는 살짝 짜증이 난 표정이었으나 애써 냉정을 유지했다.

"저 여성의 말을 그대로 뒤집어 돌려주지. 우리는 눈앞에서 동료들이 죽어 나가는 모습을 똑똑히 보았다. 우리로선 감히 대적할 수도 없는 무력에 의해 죽어 나가는 모습을."

"……."

"그렇기에 배신 따위는 생각할 수조차 없다. 어젯밤의 공포가 망막 깊숙한 곳에 새겨져 버렸으니까."

그렇게 말하니 밀리아로서는 할 말이 없어졌다. 그녀 또한 비슷한 경험을 했었기도 했고.

"칫. 뭐, 좋아. 어차피 시운 님께서 결정하신 거라면 나로서는 반대할 이유가 없어."

밀리아를 시작으로 모두가 찬성을 표했다. 팔짱을 낀 채 지켜보던 적시운이 피식 웃었다.

"민주적이어서 좋네."

"어차피 전원 반대하더라도 당신이 밀어붙인다면 따라야 하잖아."

"그 정도로 고집불통은 아냐."

헨리에타의 트집을 간단히 넘긴 적시운이 클라리스를 돌아봤다.

"어쨌든 이걸로 대강 길드의 틀은 잡힌 것 같은데."

"네, 아직은 갈 길이 멀지만 말이죠."

말 그대로 틀만 잡힌 상황. 말이 좋아 같은 길드원이지, 당장 얼마 전까지만 해도 남남이던 이들을 억지로 모아놓은 것에 지나지 않았다.

구성원들이 제대로 융화되기 위해선 시간이 필요할 것이다. 물론 반드시 그래야 할 당위성이 있는 것은 아니긴 했지만 말이다.

길드를 통해 귀찮은 일들을 다소 해결할 수 있다. 적시운에게 있어 길드의 의미는 그 정도에 지나지 않았다. 어차피 황혼의 순례자를 해치우고 나면 모든 게 끝.

'집으로 돌아가게 될 테니까.'

케르베로스 길드는 스펙터 길드의 파멸에 대해 침묵했다. 다만 겉으로 내색하지만 않을 뿐, 누구보다도 이를 반긴다는 것은 자명해 보였다.

오스카리나로부터 정황 설명을 듣자마자 적시운을 초대한

것만 봐도 그랬다. 오스카리나는 직접 적시운의 아지트를 찾아와 그 사실을 전했다.

"케르베로스의 제1공격대장, 필립 프라이스가 당신을 만나고 싶어 해. 부디 초대에 응해줬으면 좋겠다더군."

"시간이나 장소는 정해졌고?"

"당신이 원하는 때에, 그들의 숙소에서."

적시운은 가볍게 어깨를 으쓱했다.

"그럼 지금 바로 가면 되겠네. 쓸데없이 시간 낭비할 것 없이."

"가기 전에 뭐 물어볼 건 없고?"

딱히 없다고 대답하려던 적시운은 입을 다물었다. 아무래도 오스카리나는 뭐라도 물어봐 주기를 기대하는 눈치였다.

"그 공격대장이란 작자는 어떤 녀석이지?"

"필립 프라이스 말이야?"

"그래."

"흠, 마냥 머저리는 아니야. 어젯밤의 자초지종을 들으면서도 마냥 좋아하지만은 않는 눈치였어."

"그래?"

"그래, 단신으로 스펙터를 토막 내버린 칼날이 자신들에게로 향하게 될 가능성을 배제할 순 없을 테니까."

"그쪽에서 먼저 건드리지만 않으면 나도 건드릴 일 없어."

오스카리나가 돌연 눈을 흘겼다.

"흥, 그건 필시 나 들으라고 하는 소리일 테지?"

"응?"

"먼저 너를 건드렸다가 굴욕을 맛본 나를 겨냥한 말이 아니냐는 거야."

"……아니, 딱히 널 의식하고 한 얘기는 아닌데."

"거짓말을."

토라진 듯 고개를 픽 돌리는 오스카리나. 그래도 적시운이 생각했던 것보다는 우호적인 반응이었다.

"의외인걸."

"뭐가?"

"조로아스터 건 때문에 날 싫어하게 된 줄 알았는데."

"싫어하는 거 맞아. 무서워서 내색하지 못할 뿐이지."

"전혀 무서워하는 것 같지 않은데?"

"이제 와선 멍청한 소리로밖엔 들리지 않겠지만……."

나직이 한숨을 쉰 오스카리나가 말했다.

"난 신인류 프로젝트의 결정체야. 다시 말해 공과 사도 구분 못 하는 얼간이들과는 선천적으로 다르다는 거지."

"정말 멍청한 소리로 들리긴 하네."

"……."

적시운은 계속 말하라는 손짓을 했다. 오스카리나는 재차 한숨을 내쉬고서 말했다.

"어쨌든…… 그렇기에 조로아스터의 생각에 동조하진 않아. 개인적으로 그를 동정할 수는 있겠지만, 백작 오스카리나로서는 그의 행동을 용납할 수 없어."

"내게 약점을 잡혔기에?"

"아니, 그것이 시타델을 위한 길이라고 믿으니까."

일말의 흔들림도 없는 대답. 이러니저러니 해도 그녀는 과연 도시의 지배자다웠다.

덜컹.

"……!"

예기치 못한 소음에 오스카리나가 움찔했다. 이윽고 문틈을 비집고 들어온 비상식량이 후다닥 뛰어갔다.

"뭐, 뭐야?"

"커럽티드 울프의 새끼. 아직 오염되지 않은 상태이니 다이어 울프 새끼가 더 정확한 표현이겠지."

"늑대 새끼라고?"

비상식량은 못 본 새에 상당히 자라나 있었다. 이제는 어지간한 소형견의 성체를 가볍게 능가하는 몸집. 그런 만큼 하루에 섭취하는 사료의 양도 어마어마했다.

"……."

오스카리나는 말없이 비상식량을 바라봤다. 그녀가 보든

말든 비상식량은 부엌 구석의 사료 봉투를 뜯어내려고 낑낑대고 있었다.

"다이어 울프의 새끼란 말이지……."

"마음에 들었으면 데려가도 되는데."

오스카리나가 움찔했다.

"정말로?"

"어, 어차피 데리고 있어봐야 밥만 축내는 놈이니."

적시운의 말이라도 알아들은 듯 비상식량이 이쪽을 돌아보며 가르릉거렸다. 혹은 그저 사료 봉투를 뜯어달라는 투정인지도 몰랐다.

오스카리나가 손을 내밀었다.

"이리 오거라."

"……?"

고개만 살짝 갸웃거린 비상식량이 다시 사료 봉투를 질겅거렸다. 그 모습에 실망한 듯 오스카리나가 혀를 찼다.

"늑대는 꽤나 지능 높은 동물이라던데 저 녀석은 멍청하기 짝이 없어 보이는군."

그때 비상식량이 그녀 쪽으로 다가왔다. 오스카리나는 내렸던 손을 반사적으로 다시 들어 올렸다.

킁킁.

그녀의 손에 코를 박고는 냄새를 맡는 비상식량. 조심스럽게 녀석을 쓸어내리는 오스카리나의 얼굴에 희미한 미소가 떠올랐다.

"녀석이 마음에 들어?"

적시운의 질문에 그녀가 화들짝 손을 뗐다.

"아, 아니. 전혀."

새침하게 일어선 오스카리나가 홱 몸을 돌리고는 헛기침을 했다.

"그만 가는 게 좋겠군. 당신 말마따나 기왕 만날 거라면 빠른 편이 좋을 테니까."

케르베로스 길드는 기함이 아닌 대형 호텔에 묵고 있었다. 호텔 하나를 통째로 빌려 길드의 임시 거처로 사용한 것이었다.

물론 대형 호텔이라 해봐야 스트롱홀드에 비할 바는 아니긴 했다. 그래도 인테리어와 디자인에 꽤나 신경 쓴 듯, 제법 고풍스러운 느낌이 곳곳에서 풍겼다.

필립 프라이스는 미리 연락을 받고서는 응접실에서 기다리고 있었다. 더불어 그곳엔 낯익은 얼굴이 한 사람 더 있었다.

“오랜만이네.”

적시운의 말에 상대방 또한 인사를 건넸다.

“그러게요. 그동안 잘 지내셨어요?”

“그럭저럭.”

“그럭저럭…… 이라고 하기엔 꽤나 파격적인 길을 걷고 계시다고 들었어요.”

“그냥 이런저런 귀찮은 일들에 얽힌 것뿐이야.”

오스카리나와 같은 금발의 미녀, 에스텔 라트린이 미소를 지었다.

“정말 오랜만이에요.”

제22장
에픽 레이드(1)

1

서로 다른 감정이 실린 시선들이 분주히 오갔다. 시선의 발신자는 필립 프라이스와 오스카리나였다. 이윽고 둘의 시선이 허공에서 부닥쳤다. 무언의 질문과 대답이 오갔다.

'이 둘, 아는 사이?'

'그런 모양이다.'

어색한 공기를 눈치챈 에스텔이 뒤늦게 멋쩍은 웃음을 지었다.

"알폰소 협곡에서 납치당했던 게 벌써 세 달 전 일이네요."

"그래."

"많은 일이 있었지만, 결국은 함께 시타델에 들어서게 되었죠. 같이 지냈던 시간은 짧았지만 지금도 잊지 못해요."

적시운을 향해 말하고 있었지만 실은 나머지 두 사람에게 정보를 전달하기 위한 대화였다. '우리는 이런 사이예요'라는 식으로.

적당히 맞장구를 쳐 주던 적시운이 화제를 돌렸다.

"날 만나고 싶어 한다고 들었다."

에스텔을 향해 말했지만 진짜 대상은 필립 프라이스였다.

"그렇소."

필립 프라이스가 대꾸했다. 두 사람이 방에 들어선 이래 처음 꺼내는 말이었다.

"콜론 베이터가 은혜를 원수로 갚으려 했다고 들었소. 그 자의 암습을 귀하가 물리쳤으며 나아가 스펙터 길드를 풍비박산 냈다는 소식도."

"……."

"하지만 소문의 주인공이 에스텔을 납치했던 인물과 동일인일 줄은, 그녀가 말해주기 전까진 몰랐소."

적시운은 물끄러미 필립을 응시했다. 뻔한 얘기는 됐으니 본론이나 말하라는 시선이었다. 시선의 의미를 눈치챈 필립이 헛기침을 했다.

"좋소. 간단히 하지. 케르베로스 길드는 신생 길드 데몬 오더의 연합 가입을 환영하오."

"그리고?"

"가능하다면 순례자 토벌 이후에도 우호적인 관계를 유지하고 싶군. 하고픈 말은 그게 전부요."

에스텔이 살짝 고개를 끄덕였다. 뭔가를 잔뜩 기대하는 눈치였다.

"그건 좀 힘들 것 같은데."

그녀의 얼굴에 어려 있던 기대감이 실망으로 바뀌었다. 적시운이 알 바는 아니었지만.

필립은 차분한 태도를 유지하고 있었다.

"토벌이 끝나면 적…… 이라는 의미는 아닌 것 같소만."

"내가 미친놈도 아니고 그럴 리가. 그저 더 이상 길드를 유지할 생각이 없을 뿐이다."

"순례자를 토벌한 후에 길드를 해체할 거란 뜻이오?"

"그래."

"왜요?"

에스텔이 반사적으로 끼어들고는 아차 하는 표정을 지었다.

"말씀 중이신데 끼어들어서 죄송해요, 공대장님."

"괜찮습니다."

필립은 그러려니 하는 표정이었고 오스카리나는 피식 웃었다. 자기 꼬리와 싸우는 고양이 새끼라도 보는 듯한 비웃음이었다.

적시운은 어깨를 가볍게 추슬렀다.

"이곳에 더 볼일은 없으니까."

"이곳이라니, 에메랄드 시타델 말씀인가요?"

"그래."

필립이 다시 입을 열었다.

"다른 지역에 볼일이라도 있는 모양이로군."

"그렇다."

"그게 뭔지 묻는 것은 아마도 결례일 테지?"

"잘 아는군."

"알겠소. 강력한 동맹이 될 수도 있는 관계인데 아쉽지만 본인의 뜻이 그렇다면야 어쩔 수 없는 일이겠지."

대화는 그리 길게 이어지지 않았다. 애초에 할 얘기가 있다기보다는 얼굴이나 확인하자는 취지였으니.

"흐음."

회담을 끝내고 방을 나오자마자 오스카리나가 빙글 몸을 돌렸다.

소녀 같은 장난기가 어린 얼굴. 부하나 수행원들 앞에선 한 번도 보인 적이 없는 표정이었다.

"제법 귀엽게 생겼던데. 저런 푼수 같은 애가 취향이었어?"

"무슨 소리야?"

"납치까지 했다며?"

적시운은 나직이 혀를 찼다.

"너는 뭐 내 취향이어서 납치당했냐?"

"뭐야?"

"일이 꼬여서 그렇게 됐을 뿐이야. 널 만나러 갔을 때처럼."

"거짓말. 처음부터 작정하고서 온 거였잖아."

"원래는 대화로 해결할 생각이었어. 네가 안하무인에 고집불통이라 그렇게 된 거지."

"흥."

코웃음을 친 오스카리나가 적시운을 앞질러 걸어갔다.

"그래서, 정말로 제국을 떠날 생각인 거네."

"그래."

"퀸텀 리퍼와 거래한 거겠지? 점잖고 정의로운 척은 있는 대로 다 하더니만, 그 노인네도 별수 없군. 칙령으로 도해가 금지되어 있다는 걸 뻔히 알 텐데."

"……."

"뭐, 너무 걱정하진 마. 황제 폐하께 일러바치지 않을 테니까. 어차피 이것 때문에 시도도 못 할 테지만."

오스카리나가 가슴께에 손을 얹었다.

"그렇잖아? 안 그래도 내 목숨은 당신 손에 달린 운명인데."

적시운은 그녀의 얼굴을 빤히 바라봤다. 뻔한 소리를 갑자기 떠들어 대는 이유가 뭘까 싶었다.

“그거, 없애줄까?”

오스카리나의 눈빛이 살짝 흔들렸다.

“그거라니?”

“고독. 네 심장에 심어놓은 폭탄.”

“없앨 수 있어?”

“그래, 마음만 먹는다면 지금 당장에라도.”

애초부터 적시운의 내공으로 만들어진 덩어리. 천마신공의 기운을 살짝 운용하는 것만으로도 얼마든지 소멸시킬 수 있었다. 하지만 오스카리나는 그다지 내키지 않는 눈치였다.

“됐어.”

“됐다고? 왜?”

“동정받고 싶진 않으니까.”

그녀가 턱을 치켜들며 도도하게 대꾸했다.

“우리는 거래를 한 거잖아. 안 그래? 나는 당신을 돕고, 당신은 내 몸 안의 이상한 폭탄을 제거해 준다. 그게 거래 내용이잖아.”

그걸 거래라고 할 수 있을까?

적시운이 보기엔 그렇지 않았다. 한쪽이 일방적으로 밀어붙인 불공정 조약이라면 모를까.

[그냥 수긍하게. 귀찮아지기 싫으면.]

가만히 있던 천마가 툭 말을 뱉었다.

'수긍하라고?'

[그래, 저 처자 말마따나 그게 공정한 거래라도 됐던 것처럼 굴라는 말일세.]

'하지만…….'

[그게 저 처자의 자존심을 지켜주는 길일세.]

'…….'

적시운은 천마가 시키는 대로 하기로 했다. 과연 천마의 말마따나 오스카리나는 만족한 얼굴을 했다.

"언젠가 당신은 동정이 아닌 감사의 의미로 이 폭탄을 없애주게 될 거야. 그때까진 이걸 그대로 내버려 두겠어. 나 자신을 채찍질하기 위해서라도."

말을 마친 그녀가 다시 걸음을 옮겼다. 적시운으로선 살짝 이해가 가지 않는 일이었지만 의문을 품지는 않기로 했다.

'그래 봐야 골치만 아플 테니.'

이틀 뒤, 구성을 재편한 시타델 길드 연합이 재출정에 나섰다. 저번과는 달리 수비가 아닌 공격을 위한 출정이었다.

사실 병력 편성에는 큰 차이가 없었다. 원래 구성에서 스펙터 길드만 빠진 형국이었으니까.

이른바 빅3로 불리던 세력 중 하나가 없어진 셈이었으나 충당할 병력은 넘치도록 많았다. 각 길드에서 차출된 정예 병력이 그 자리를 채웠다. 데몬 오더 또한 전력 중 일부를 투입시켰다.

오슬로가 이끄는 옛 스펙터의 길드원들이었다. 어차피 데리고 다녀봐야 밥만 축낼 테니 머릿수 채우는 식으로라도 체면이나 차리자는 계산이었다.

"케르베로스나 아킬레스 영감네 명령을 적당히 받아 움직여. 나는 관여하지 않을 테니."

"아, 알겠소."

오슬로는 명령을 들으면서도 얼떨떨한 표정이었다. 하기야 가입하자마자 임대되는 신세였으니 그럴 만도 했다.

헨리에타 일행은 적시운을 따르기로 했다. 하지만 연합군 본대와 함께 움직이는 것은 아니었다.

"우린 주변을 오가며 혹시나 있을지 모르는 마수 무리를 잡을 거다."

본대의 이동에 따라 척후를 보겠다는 것. 다만 차이가 있다면 관측 및 보고에 특화된 척후병과 달리 직접 전투를 한다는 점이었다.

적시운 일행은 트럭에 올라 황야로 향했다. 연합군 본대보다는 두어 시간가량 늦은 출발. 트럭은 서두르지 않는 느긋한 속도로 나아갔다.

"앞질러 가서 정찰하려면 서둘러야 하지 않을까요?"

밀리아가 물었지만 적시운은 대꾸하지 않았다. 그저 취침용 안대를 덮고서 느긋하게 누워 있을 따름이었다. 대신 조수석에 앉아 있던 헨리에타가 한심하다는 투로 타박했다.

"네가 원래 그렇다는 건 알지만 어째 요즘 들어 더 머리가 나빠진 것 같아."

"뭐라고?"

"첫날부터 서둘러서 뭐 할 건데? 이 근방까지 마수들이 쳐들어올 정도라면 위성에 걸리거나 하지 않았겠어?"

"아, 그건 그렇네."

밀리아가 입맛을 쩝 다셨다. 적시운은 그 뒤로도 어지간해선 일어나질 않았다. 밥을 먹거나 간단히 씻을 때를 제외하고는 짐칸에 누운 채 세상모르게 잠만 잤다.

물론 그것은 타인의 관점일 뿐. 실제로는 대부분의 시간을 명상과 운기조식에 쏟고 있었다.

작센을 통해 구입한 코어를 포함해 소유한 모든 코어를 출발 전에 흡수한 뒤. 다만 그 양이 워낙 많아 완전히 몸에 녹이지는 못하고, 그저 몸 한 곳에 저장해 두기만 했다.

사실 경우에 따라 위험해질 수도 있는 일이었다. 내공과 융화되지 않은 기운을 체내에 두는 것은 주화입마로도 이어질 수 있는 위험한 행동이었기에.

천마신공의 성취가 완숙한 경지에 이르지 않았다면 엄두도 내지 못했을 것이다.

[뭐, 본좌가 보기엔 여전히 미숙하지만 말이야.]

'어련하시겠어.'

적당히 대꾸한 적시운이 계속해서 명상을 이어갔다. 트럭은 여전히 탁 트인 황야를 나아가는 중.

평야지대라고는 해도 포장된 도로에 비할 수는 없는 법. 핸들을 꺾지도 않았는데 트럭 전체가 요란하게 덜컹거렸다.

"이렇게 흔들리는데도 주무신다는 게 신기하네요."

"그러게. 멀미 때문에 반쯤 죽어가는 녀석도 있는데."

구석 쪽에서 헛구역질을 하던 그렉이 고개를 돌렸다. 화를 낼 기력도 없어 보이는 얼굴이었다.

"혹시 잠든 척만 하고 계신 거 아닐까?"

"무엇하러 그런 쓸데없는 짓을 하겠어요?"

"으음, 모르겠어."

아티샤와 밀리아가 옆에서 쑥덕거려도 적시운은 요지부동이었다. 별별 소리를 늘어놓던 두 사람도 얼마 뒤에는 포기하고서 아무렇게나 드러누웠다.

무료한 여행길이었다. 비교적 선선한 온도와 저녁을 기하여 그날의 이동을 했다. 지나치게 더운 오후에는 그늘을 찾아정차했고 지나치게 추운 한밤중엔 텐트를 치고서 노숙을 했다. 한숨 자고 일어나면 모래 속에 파묻혀 있던 것도 수차례.

그렇게 일주일쯤 이동하고 났을 때엔 본대와도 꽤나 떨어진 뒤. 못해도 100㎞가량을 앞서 있었다.

“저기, 우리 너무 멀리 와버린 거 아냐?”

“멀리 온 거 맞아.”

태평하게 대꾸하는 헨리에타. 이동 내내 그녀와 올리버가 번갈아 가며 트럭을 운전해 온 차였다.

“이렇게 멀리 와도 돼?”

“그러라고 명령했으니까.”

“명령하다니, 누가?”

“바보, 네 옆에 있잖아.”

“시운 님께서? 언제?”

“나흘쯤 전에. 밥 먹고 뒷정리하는 동안.”

“나한테는 한마디도 말씀하신 적이 없는데?”

“너한테 그런 얘길 해서 뭐 한다고? 네가 운전할 것도 아니잖아.”

“그건 그렇지만…….”

밀리아가 기어들어 가는 소리로 투덜거렸다.

“이유 정도는 설명해 주셔도 될 텐데.”

“이유야 뻔한 거니까.”

적시운이었다. 어느새 상체를 일으키고는 안대를 벗어 던진 뒤였다.

조수석의 헨리에타가 고개를 살짝 돌렸다.

"감지한 거야?"

"그래."

"방향과 위치는?"

"남쪽. 거리는 명확하지 않아."

올리버가 곧장 핸들을 돌렸다. 트럭은 남쪽을 향해 곧장 나아갔다. 얼떨떨한 얼굴로 있던 밀리아가 입을 열었다.

"뭐가 남쪽에 있는데요?"

"뻔하잖아."

적시운은 짐칸 입구의 커튼을 열어젖혔다.

"사냥감이지."

2

첫 전투에서의 패배.

그로 인해 황혼의 순례자가 위축된 것은 아니었다. 그녀에게 있어 다른 마수들이란 결국 소모품에 불과한 것. 세계 어디에나 널려 있으며 다른 것으로 얼마든지 대체 가능한 물품에 불과했으니.

다만 조금 의외라는 생각은 들었다. 예상보다도 인간들이 어렵잖게 막아냈기 때문이다.

특히나 에픽 샌드웜과 킬러 호넷들은 그녀가 나름대로 준비한 회심의 일격. 때문에 놀라움이 더욱 컸다.

황혼의 순례자는 블랙 라이트 해안의 방어에 신경을 더 쏟기로 했다. 성스러운 산란을 방해받아선 곤란했기 때문이다.

하늘을 가득 메우고 있는 와이번 무리는 그 결과물이었다.

"와이번이라니!"

헨리에타가 황당함 속에 소리쳤다. 트리플 B등급의 마수.

육체 능력만 보자면 그보다 아래 등급에 위치하는 게 적합했으나 비행 능력을 기반으로 한 빼어난 기동력은 와이번의 등급을 수직 상승시켰다.

물론 그 때문에 헨리에타가 놀란 것은 아니었다. 좀처럼 이곳에서 볼 수 없는 희귀한 마수였기 때문일 뿐.

"어째서 와이번들이 여기에……?"

와이번은 고산지대에 주로 서식하는 마수. 바다와 얼마 떨어지지 않은 이곳에 있을 법한 놈들이 아니었다.

"그녀가 불러낸 게 아닐까요?"

"그녀라니?"

"순례자요. 황혼의 순례자 말이에요."

아티샤의 대답에 헨리에타는 잠시 멍해졌다. 그리고 가까스로 순례자가 암컷이란 걸 떠올렸다. 대검에 감긴 헝겊을 풀던 밀리아가 미간을 찡그렸다.

"잠깐, 마수 주제에 다른 마수들을 불러들일 수 있단 말이야?"

"대재앙급 마수니까요. 놈들은 인간의 지성마저 초월한 괴물들이에요."

"아무리 그래도 저런 것까지 가능할 리가……."

"그런 건 아무래도 좋아. 중요한 건 저것들을 해치워야 한다는 사실뿐이니까."

적시운이 딱 잘라 말했다. 헨리에타가 긴장한 얼굴로 물었다.

"뭔가 작전은 있어?"

"작전이라 할 만한 건 아니지만 내가 놈들의 어그로를 끌 테니 너희는 거리를 유지하면서 공격하도록 해."

"저도 가겠어요!"

밀리아가 손을 들며 소리쳤다. 적시운은 고개를 살짝 가로저었다.

"다치기 싫으면 여길 지켜."

"와이번의 공격쯤은 두렵지 않은걸요?"

"와이번 말고, 나 때문에 다친다고."

"아, 넵."

단번에 얌전해지는 밀리아였다.

"나라고 해서 모든 와이번을 묶어두지는 못할 거야. 몇몇은 트럭 쪽으로 날아들 테니 너와 올리버가 탱킹하도록 해."

"네, 시운 님."

적시운은 헨리에타의 어깨에 손을 얹었다.

"나머지는 네가 알아서 지휘하도록 해."

"으응."

"그럼."

대답을 듣자마자 짐칸 밖으로 뛰쳐나가는 적시운이었다. 와이번 무리 또한 트럭을 발견한 듯, 대형을 갖추어 선회하기 시작했다. 보아하니 조만간 공습이 시작될 듯했다.

헨리에타는 운전석과 연결된 창으로 고개를 내밀었다.

"저쪽, 저 커다란 암석 옆에 트럭을 세워줘."

"알겠다."

부아아앙.

트럭이 흙먼지 꼬리를 달고서 내달리는 동안, 적시운은 두 다리를 땅에 딛고 허공을 응시했다.

"비행형 마수와는 처음 싸워보는데."

사실 염동술사에게 있어선 그리 어려운 적수는 아니었다. 등급만 적당하다면 염동력은 비행형 마수의 기동성을 완전히 봉쇄할 수 있는 강력한 수단이었던 것이다.

게다가 지금의 적시운에겐 천마신공 또한 갖춰져 있었다. 그것만 보자면 와이번 무리를 경계할 이유는 없었다.

"……라고 한다면 너무 안일한 생각이겠지?"

지난 전투에서도 느낀 거지만 황혼의 순례자는 만만찮은 상대가 아니었다. 아마 어떠한 형태로든 생명체의 정신에 영향을 미치는 능력을 보유했을 터. 게다가 그 지성은 결코 우습게 볼 수준이 아니었다.

"그 정도의 괴물이 평범한 와이번 떼만 덩그러니 보냈을 리가 없는데."

키에에엑.

몇 마리가 낮은 고도로 활공하기 시작했다. 트럭을 그대로 낚아버리려는 움직임이었다.

"느긋하게 추리하고 있을 때가 아니군."

적시운은 시우보를 펼쳐 와이번의 뒤를 쫓는 동시에 염동력을 발휘, 그중 한 마리의 날개를 압박했다.

케엑!

날갯짓을 하지 못하게 된 와이번이 그대로 곤두박질쳤다. 와이번이 추락한 땅 주변으로 거대한 모래 먼지가 치솟아 올랐다.

그대로 쇄도한 적시운이 권격을 떨쳤다. 천랑섬권은 깔끔하게 와이번의 목 한가운데에 꽂혔다.

우직!

와이번의 목뼈가 그대로 분질러졌다. 적시운은 확인 사살을 겸해 놈의 목을 질끈 밟고서 허공을 향해 뛰어올랐다. 위협을 느낀 와이번들이 방향을 틀어 적시운에게로 쇄도했다.

적시운은 그중 한 놈의 아가리 속으로 염동력을 집중시켰다. 목구멍을 파고들어 간 기운이 놈의 대뇌에 닿았다. A랭크의 염력이 두개골 안에서 격발됐다.

쾅!

포화 소리와 함께 머리가 터져 나간 와이번이 곤두박질쳤다. 적시운은 격산타우의 묘리를 발휘, 나머지 놈들에게 권격을 날렸다.

팡! 파파팡!

허공을 격하고 날아간 권기가 와이번들을 두들겼다. 하나같이 급소와 약점만을 노린 권격. 곤죽이 된 와이번들이 추풍낙엽처럼 우수수 떨어져 내렸다.

"이래서야 우리가 나설 것도 없겠는데?"

정차된 트럭 옆으로 고개를 빼꼼 내밀은 밀리아가 중얼거렸다. 그 말이 끝나기 무섭게 와이번 한 마리가 트럭 쪽으로 날아들었다.

크에에엑!

아가리를 벌린 채 쇄도하는 와이번. 밀리아가 대검을 쥐었으나 올리버가 한발 앞서 정면으로 뛰쳐나갔다.

"흐읍!"

쿠궁.

올리버가 두 손을 뻗어 와이번의 아가리를 붙들었다. 쩍 벌어진 아가리에서 걸쭉한 침이 흘러내렸다.

쿠구구구.

아가리를 붙든 채 뒤로 밀려나는 올리버. 그래도 무시무시한 힘으로 버틴 까닭에 트럭까지 밀려나지는 않았다.

"쳇!"

혀를 차며 달려간 밀리아가 와이번의 날개를 내리찍었다. 질긴 근육과 두꺼운 가죽으로 이루어진 날개가 거짓말처럼 깔끔하게 양단됐다.

그사이 헨리에타가 와이번의 뇌를 정조준했다.

'숨을 내뱉는 것처럼 부드럽게, 약실 안으로 기운을 담는다.'

희미한 기운이 탄환에 맺히는 것을 느낄 수 있었다. 숨을 멈춘 헨리에타는 주저 없이 방아쇠를 당겼다.

탕!

대뇌를 노린 탄환이 와이번의 눈을 뚫고 들어갔다. 그러나 단단한 두개골을 완전히 꿰뚫지는 못하고 정지했다.

헨리에타는 실망하거나 조급해하지 않았다. 그저 침착하

게 두 번째 탄환을 장전할 따름이었다.

탕!

탄환은 정확히 첫 탄환이 박힌 자리에 적중했다. 두 번째 탄환에 의해 밀려난 첫 탄환이 와이번의 대뇌 안에서 분열됐다.

켁!

단말마와 함께 와이번의 거체가 축 늘어졌다. 이를 악문 올리버가 사체를 들어서는 내던졌다. 헨리에타는 소총을 분해해 상태를 살폈다.

두 번의 사격만으로 공이가 부러졌다. 적시운에게서 미리 들어두었기에 크게 놀라진 않았다. 그녀는 준비해 온 다른 소총을 꺼내 들었다.

"대단해, 헨리에타! 벌써 그 기운을 다루게 된 거야?"

"내 기운이 아냐."

호들갑을 떠는 밀리아와 대조적으로 차분한 그녀였다.

"그가, 적시운이 내 몸에 남겨놓은 기운을 탄환에 주입한 것뿐이야."

"그래도 대단한 거잖아! 난 아직 기운을 어떻게 움직여야 하는지도 모르겠는데."

"요령만 익히면 그다음은 어렵지 않을 거야."

"그 요령을 모르겠으니 문제인 거야."

푸념하듯 중얼거리는 밀리아. 그러나 그녀 또한 모르는 새에 체내의 기운에 익숙해진 상태였다. 예전이었다면 이렇게나 깔끔하게 와이번의 날개를 잘라내진 못했을 터였다.

"제법인데, 걔네들."

기감을 통해 트럭 쪽 상황을 확인한 적시운이 중얼거렸다.

[다 본좌 덕분이지. 수하들 개개인의 체질에 맞는 무공을 엄선하여 적용시켰기에 저렇게나 성장이 빠른 것일세. 뭐, 그래 봐야 자네의 기운을 빌려 쓰는 수준에 불과하지만 말이야.]

쾅!

또 하나의 와이번이 격추당하여 추락했다. 제법 많은 수의 와이번이 바글거리던 하늘이 눈에 띄게 휑해져 있었다.

키에에엑.

남아 있던 와이번들이 방향을 돌려 도주하기 시작했다. 생각보다 싱거운 전투가 그렇게 끝났다.

"놈이 뭔가 더 준비해 둔 게 아닐까 싶었는데."

맥이 풀린 적시운이 나직이 혀를 찼다.

[자네가 그만큼 강해진 것이겠지. 보아하니 저 날아다니는 도마뱀들도 그리 약한 놈들은 아닌 것 같네만.]

"그렇기는 하지."

비행형 마수는 비슷한 전투력을 지닌 육지형 마수보다 대체로 한 등급가량 높은 평가를 받는다. 비행 능력 자체가 그만큼 큰 메리트였던 것이다. 지형을 무시할 수 있는 것은 물론, 높은 기동성 및 고도를 이용할 수 있다는 점은 무시할 수 없는 이점이었다.

다만 이번엔 상대가 나빴을 뿐.

“어쨌든 보고부터 해야겠는걸.”

[그 연합인지 뭔지에 말인가? 그러지 말고 그냥 자네가 다 꿀꺽해 버리지 그러나?]

“뒤처리할 인력이 없잖아. 시타델에 있는 일꾼들을 부를 수도 없고.”

[흠, 하긴 그렇군.]

“어차피 노른자라 할 수 있는 건 코어니까 나로선 크게 손해 보는 장사도 아냐.”

[그냥 연합인지 뭔지도 자네가 제압해서 군림한다면 만사 해결될 문제라고 보네만.]

“관심 없으니 딴 사람이나 찾아보셔.”

[으음.]

천마가 불편한 침음을 뱉었다.

[그러지 못한다는 걸 뻔히 알면서 그런 말을 하는가?]

“아니까 하는 거지.”

[성질머리 한번 고약하구먼. 누구한테 배웠을꼬.]

“누구긴 누구야, 위대하신 천마님이시지.”

[…….]

피식 웃은 적시운이 허공을 응시했다. 필사적으로 날갯짓하는 와이번들의 모습이 망막에 담겼다.

"이제는 놈도 본격적으로 움직이려나?"

쿠구구구구.

검은 안개가 깔린 해안이 순간적으로 요동쳤다. 어기적거리던 마수들이 겁에 질려 사방으로 날뛰었다. 그 와중, 하늘에서 위태로이 날아드는 몇 마리의 와이번이 있었다.

공포가 내려앉은 눈동자와 위태로운 날갯짓. 하늘을 호령하는 마수의 위엄 따윈 찾아볼 수 없었다.

휘리리릭!

검은 안개가 살아 있는 것처럼 와이번들을 향해 다가들었다. 이윽고 안개는 손아귀의 형상이 되어 와이번들을 휘감았다.

케에에엑!

위태로운 비명. 당황스러운 몸부림.

그러나 검은 안개의 손아귀는 와이번들을 놓아주지 않았다.

퍽!

땅바닥에 패대기쳐진 와이번들이 골골거렸다. 이윽고 놈들의 머리 위로 시커먼 그림자가 떨어져 내렸다.

쿵!

해안을 울리는 진동에 방사능의 파도가 요동쳤다. 검은 안개는 언제 그랬냐는 듯 다시 자욱이 깔렸다.

그 사이로 번뜩이는 두 개의 안광이 있었다.

쉬익. 쉬익.

숨을 몰아쉴 때마다 소규모의 회오리가 일어났다. 그 회오리의 결을 따라 방사능 안개가 이리저리 휩쓸렸다.

황혼의 순례자는 분노하고 있었다.

와이번은 결코 약한 마수가 아니다. 같은 비행형 마수인 킬러 호넷에 비해서도 압도적인 육체 능력을 지니고 있었다. 한데 인간들은 그런 와이번 무리를 파리 잡듯 때려잡았다.

결론은 하나뿐. 이번 사냥꾼 무리는 자신의 예상을 뛰어넘는다.

이제는 느긋하게 앉아서 산란을 기다릴 수만도 없었다. 무언가 대책이 필요한 시점이었다.

3

—와이번이란 말이지.

스크린 너머로 보이는 오스카리나의 표정은 복잡했다. 적시운 일행이 와이번 무리를 섬멸한 것이야 물론 기쁜 일. 그러나 그 이면에 담겨 있는 사실을 보자면 마냥 좋아할 수만도 없었다.

–다시 말해, 황혼의 순례자는 블랙 라이트 해안 바깥에서도 마수들을 불러들일 수 있다는 거네.

"아마도 그렇겠지."

–지원 병력을 더 보내야 할까?

"아니, 그 반대야. 시타델의 방어를 강화하도록 해."

–이곳의 방어를?

"그래, 내 생각이 맞다면 아마 그래야 할 거야."

오스카리나는 적시운의 말뜻을 대번에 이해했다.

–마수들이 빈집을 노릴지도 모른다는 거구나.

"그래."

황야는 넓다. 당장 뉴 텍사스주만 놓고 보더라도 남한의 3배가 넘는다. 더군다나 그중 9할 이상의 땅이 문명과 동떨어진 불모지. 인간의 능력으로 모두 둘러본다는 것은 불가능했다.

다시 말해 그 거대한 면적 전체가 마수들의 땅이라는 뜻. 황혼의 순례자가 해안 바깥에까지 영향을 미칠 수 있다면 그런 불모지의 마수들을 활용할 것이 분명했다.

"순례자는 그 정도의 지성과 지략을 지닌 존재이니까."

—후우.

오스카리나가 나직이 한숨을 뱉었다.

—이건 마치, 마수 토벌이 아니라 사람과의 전쟁 같잖아.

"그렇게 생각하는 게 편할 거야."

사냥이 아닌 전쟁. 어느 한쪽이 일방적으로 뒤쫓는 게 아닌, 양쪽이 물고 물리는 아슬아슬한 관계. 싸워야 하는 것은 최전방의 사냥꾼들만 아니었다.

—어쨌든 와이번의 사체는 곧 인력을 보내 회수하도록 할게. 수고했어.

"그래."

오스카리나는 뭔가 더 할 말이 있는 눈치였지만 끝내 입을 열지 않았다.

와이번과 조우하고 사흘 뒤, 적시운 일행은 블랙 라이트 해안에 도착했다. 사실 해안이라고는 해도 바다가 보이진 않았다. '진짜' 해안까지는 못해도 수 ㎞를 더 들어가야 할 터.

적시운 일행은 검은빛 안개가 스멀거리는 경계선에 자리를 잡고 있었다.

"저 어딘가에 황혼의 순례자가 있다는 거군요."

방독면을 쓴 아티샤가 중얼거렸다. 능선을 넘으면 안개의 바다가 나타난다. 한 치 앞도 볼 수 없는 검은 장막. 방사능에 오염된 기류로 인해 방독면 없이 숨을 쉰다는 건 불가능에 가까웠다. 일행 중에서도 방독면을 쓰지 않은 사람은 적시운이 유일했다.

"저희도 무공이란 걸 익히면 시운 님처럼 될 수 있는 거죠?"

"너희는 힘들걸."

"쩝, 그래요?"

솔직한 대답에 밀리아가 입맛을 다셨다.

방사능 면역은 천룡혈독공의 공능 덕. 천마신공을 익힐 수 없는 타인에겐 허락될 수 없는 능력이었다.

"뭐, 그래도 방사능 차단용 아티팩트가 있잖아."

"몸에 주렁주렁 매달고 다녀야 해서요. 게다가 조금만 움직여도 잘 고장 나고요."

"그래서 방사능 결계가 있는 거잖아."

마수들에게 있어선 신의 축복, 인간에게 있어선 악마의 저주. 마수와의 전쟁은 곧 방사능과의 전쟁이기도 했다. 그래도 이온 공학의 발전과 맞물려 인간들 또한 어느 정도의 방사능 방어책을 갖추게 되었다.

방사능 결계 또한 그중 하나. 방사능을 완전히 소멸시키진 못해도 일정 시간 동안 무효화시키는 것은 가능했다. 다만 대규모의 장치가 필요한지라 대부분은 비행선이나 대형 트럭 등에 실어서 옮기는 편이었다. 각 길드의 기함마다 기본적으로 장치되어 있다고 보면 얼추 맞을 터였다.

이곳까지 오는 동안 적시운 일행은 두 차례 더 마수들과 마주쳤다. 그리고 그때마다 마수들은 싸우지도 않고서 부리나케 달아나 버렸다.

그로부터 알 수 있는 사실은 두 가지. 하나는 황혼의 순례자가 적시운을 경계하게 됐다는 것. 다른 하나는 놈이 전술적 판단을 내렸다는 점이었다.

마수들은 거대한 땅덩이를 최대한 활용했다. 멀리 빙 돌아서 적시운 일행을 회피, 후방의 연합군 본대를 타격했다. 일부는 본진인 에메랄드 시타델을 직접 공습하기도 했다.

적시운이 예상한 대로 움직이기 시작한 것이다. 적시운 일행 또한 마주치는 놈들을 최대한 추격하여 섬멸했다.

그러나 드넓은 황야를 트럭 한 대로 모조리 커버한다는 것은 사실상 불가능했다. 설령 한 무리를 섬멸한다고 해도 그 시간에 2개, 3개의 무리가 다른 곳을 타격했다.

"어떻게든 시선을 분산시켜 진군을 늦추겠다는 생각일 테지."

"……!"

갑작스레 튀어나온 중후한 음성. 적시운을 제외한 모두가 깜짝 놀라 목소리의 주인을 돌아봤다. 음성과는 달리 젊은 얼굴이었다. 적시운과 마찬가지로 맨얼굴이기도 했고.

"아킬레스…… 프레스터 님?"

넋이 나간 듯한 헨리에타의 목소리에 아킬레스가 빙긋 웃었다.

"처음 만나는군. 아가씨가 필시 헨리에타 테일러 양일 테지?"

"네?"

"내가 틀렸나?"

"아, 아뇨. 바로 맞히셨어요. 그게, 그냥 조금 당황스러워서요."

"음? 아, 미안하게 됐군. 언질이라도 주고서 방문할 걸 그랬어."

아킬레스가 멋쩍게 웃었다. 헨리에타는 긴장된 얼굴을 좌우로 저었다.

"그런 게 아니에요. 아킬레스 님 같은 분께서 제 이름을 알고 계신다는 게 놀라워서 그랬어요."

"아, 그런 거였군."

"그쪽 상황은 좀 어떻습니까?"

적시운이 질문했다. 아킬레스의 미소가 호전적으로 변했다.

"감히 사냥꾼을 습격하려 한 사냥감들에게 자기 주제를 똑똑히 가르쳐 줬지."

"언제쯤 여기 도착할 수 있겠습니까?"

"사흘 뒤로 내다보고 있네. 다만 보급에 차질이 좀 빚어져서 조금 더 늦춰질 가능성도 있네."

"시타델 쪽 문젭니까?"

"음, 규모를 따지자면 그쪽을 노리는 마수가 가장 많은 것 같더군. 게다가 하층민 구역 쪽 마수들까지 미쳐 날뛰는 모양이야."

"……."

"뭐, 오스카 백작은 유능한 영주이니 잘 대처할 걸세."

"저, 그런데요."

밀리아가 조심스럽게 운을 뗐다. 그녀를 돌아본 아킬레스가 부드럽게 웃었다.

"말씀하시게, 밀리아 양."

"제 이름도 알고 계세요?"

"데몬 오더의 창립 멤버를 몰라본다면 크나큰 결례일 테지."

창립 멤버라는 말에 밀리아의 얼굴이 살짝 상기됐다.

"어, 음. 그러니까요. 아킬레스 님의 텔레포트 능력이라면…… 단숨에 연합의 모두를 이곳으로 이동시킬 수 있지 않을까요?"

"아마도 가능할걸세."

아킬레스가 담담히 대답했다. 자랑하는 기색은 조금도 느껴지지 않았다.

"다만 그 경우엔 전투에서 발휘할 힘이 크게 한정되겠지. 내게 있어서도 매스 텔레포트(Mass Teleport)는 벅찬 일이니까."

"아, 하긴 그렇겠네요."

"가능하다면 순례자와 마주하기 전까진 힘을 비축하고 싶네. 자네도 이능력자라면 알 테지만 소모된 힘을 회복하는 게 그리 쉬운 일은 아니잖나."

밀리아가 고개를 끄덕였다. 아킬레스는 다시 적시운을 돌아봤다.

"그동안은 어쩔 셈인가?"

"하던 일을 계속 해야죠. 정찰 말입니다."

"저 안으로 들어갈 생각인가?"

"예, 워낙 넓은 곳이니 순례자를 바로 찾아낼 수 있으리라고는 생각되지 않지만……."

북쪽 끝에서 시작하여 초승달을 그리며 남쪽 끝으로 이어지는 기다란 해안. 그것이 블랙 라이트 해안이었다.

그 길이는 대략 300㎞. 극에서 극까지의 거리임을 감안하더라도 무척이나 먼 거리였다.

게다가 안개가 깔린 면적을 감안한다면 그 규모는 더욱 커

진다. 아무리 거대하다고 해도 결국 마수 한 마리에 불과한 황혼의 순례자를 찾아낸다는 것은 결코 쉬운 일이 아니었다. 놈이 스스로 모습을 드러낸다면 모르겠지만.

"나로서는 반대할 이유는 없겠군. 그래도 주의하게나. 저 안은 방사능의 바다일세. 평범한 마수조차도 바깥에서와는 비교할 수 없을 정도의 흉폭함을 자랑한다는 걸 명심하게."

"알고 있습니다."

적시운의 대답에 아킬레스는 멋쩍게 웃었다.

"내가 괜한 참견을 한 건지도 모르겠군. 어쨌든 가 봐야겠네. 지금도 잠깐 짬을 내서 들른 거거든."

"또 뵙죠."

"음, 사흘 뒤에 보기를 희망하세나."

아킬레스가 텔레포트로 사라졌다. 적시운은 짐칸에서 전기톱을 꺼내 왔다.

"지금 바로 가려고?"

고개를 끄덕인 적시운이 헨리에타에게 말했다.

"여기서 얼마간 떨어진 곳에 자리를 잡고 기다려. 적당한 곳에서 대기하고 있으면 내가 찾아갈게."

"혼자서 가도…… 괜찮겠냐고 묻는 건 우스운 일이겠지? 우리가 따라가 봐야 방해만 될 테니."

"그렇지만도 않아. 하지만 위험한 건 사실이니, 나 혼자가는 편이 역시 수월할 거야."

"알겠어. 너무 무리하지는 마."

가볍게 고개를 주억거린 적시운이 곧장 해안을 향해 걸음을 옮겼다.

스스스스.

한 걸음을 안으로 내딛자마자 검은 안개가 휘감겨 들어왔다. 손가락 사이사이까지 감겨드는 끈적끈적한 느낌에 적시운은 미간을 구겼다.

"꼭 살아 있는 것만 같은데."

[백 년 묵은 토룡을 잡던 때가 떠오르는군. 잡아 뽑으려고 땅속에다 손을 박아 넣었는데, 하필 놈의 새끼가 바글거리는 곳이었지 뭔가. 손가락 끝에 휘감기는 느낌이 퍽 더러웠지.]

"그건 대체 어떻게 아는데?"

[음?]

"백 년을 묵었는지 천 년을 묵었는지 당신이 어떻게 아냐고."

[그쯤이야 척 보면 척 아닌가?]

"뭐가 척 보면 척이라는 건지."

고개를 가로저은 적시운이 순간 두 다리에 힘을 주었다.

푸확!

진각을 밟으며 내공을 격발시켰다. 폭풍처럼 뿜어져 나온 천마신공의 기운에 의해 주변의 안개가 달아나듯 흩어졌다.

반경 수십 m의 시야가 확보됐다. 시야 확보보다는 끈적거리는 느낌이 싫어서 안개를 흩어낸 것에 가까웠지만 그래도 눈앞이 잘 보이니 한결 편해지는 기분이었다.

"사냥하기에도 좋고."

흩어진 안개 너머로 시사이드 스콜피온 무리가 도열해 있었다. 바위처럼 위장하려는 것인지 꼬리와 자세를 한껏 낮추고서.

적시운을 상대로는 무의미한 위장이었지만 말이다.

"해보자고."

"그를 만나고 오셨군요."

"음."

집무실로 들어선 아킬레스가 소파에 드러누웠다.

"그러고 보니 곧 회의 시간이 아닌가?"

"헷갈리신 모양입니다. 2시간 전에 시작해서 1시간 전에 끝났습니다. 진행과 정리는 제가 위임받아서 마쳤고요."

"흠흠, 그랬군. 요즘 자꾸 깜빡깜빡하지 뭔가."

네이트는 피식 웃고 말았다.

"어차피 별다른 내용은 없었습니다. 보급에 차질이 있는 걸 제외하면 순조롭게 진군 중이니까요."

"그렇군."

고개를 든 아킬레스가 천장을 응시했다.

"아직 전쟁은 시작되지도 않았으니, 응당 그래야 할 테지."

"……."

"그래도 모든 면에서 30년 전보다는 나은 게 사실이야. 그 땐 순례자의 얼굴조차 보지 못한 채 절반 가까운 사상자가 났었지."

"아킬레스 님……."

"하지만 이번에는 다르다. 그렇지 않나, 네이트?"

"그렇습니다."

네이트가 대답했다. 그 어느 때보다도 단호한 어조로.

"조만간 아킬레스 님께서 놈의 숨통을 끊으실 수 있을 겁니다. 놈에게 복수하실 수 있을 겁니다."

"음."

차분히 대꾸하는 아킬레스의 눈에 귀기가 어렸다.

"그렇게 될 걸세."

4

블랙 라이트 해안의 지형 탐사 및 마수들의 수준 확인. 당장의 계획은 그 정도였다. 길드 연합의 본부대가 도착하기 전에 길을 닦아놓을 필요도 있었고.

맨 처음에 조우한 시사이드 스콜피온 무리는 금세 전멸시킬 수 있었다. 확실히 앞서 만났을 때보다는 강했지만 격차가 큰 편은 아니었다.

'이미 방사능의 영향을 받아 변형된 놈들이었을 테니.'

적시운은 시사이드 스콜피온의 코어를 회수했다. 마음 같아선 바로 흡수하고 싶었지만 참기로 했다. 아무리 적시운이라 해도 명상 중에 습격당한다면 죽음을 피할 수 없을 터였다.

'그럼 이제부터 어쩐다?'

널린 게 마수.

기감을 펼칠 것도 없었다. 그저 가만히 있는 것만으로도 피부가 저릿했으니까. 어느 방향으로 향하든 마수는 넘쳐 날 것이다. 아무리 적시운이라 해도 홀로 다 쓸어버리기엔 버거울 만큼.

다시 말하자면 어디로 가든 별반 차이는 없으리란 뜻이기도 했다.

'그렇다면…….'

잠시 고민하던 적시운은 바다 쪽으로 걸음을 옮겼다. 여기까지 온 이상은 한번 확인해 보고 싶었다. 정말 바다가 마수들의 영역인지, 인간은 감히 침범할 엄두조차 낼 수 없는 공간인지.

'돌이켜 보면 이런저런 얘기만을 들어왔을 뿐 내 눈으로 직접 확인해 보지는 못했다.'

아킬레스와 거래를 하게 된 이상 대양을 정면돌파하는 것을 고집할 필요는 없게 됐다.

하지만 세상일은 한 치 앞도 모르는 법. 상황이 어떻게 꼬일지는 알 수 없는 일이었다. 아킬레스가 배신할 가능성도 아주 없지는 않았다. 아무리 적시운이라 해도 사람의 마음속까지 알 도리는 없으니.

'차선책을 생각해 둘 필요가 있다.'

적시운은 방향을 가늠해 동쪽으로 향했다. 해안까지는 수㎞ 거리. 검은 안개로 인해 시계는 극도로 좁았다.

기척은 최대한 낮췄다. 마수들이 두렵지는 않았지만 불필요한 싸움에 일일이 엮이다간 시간이 지체될 게 뻔했다. 일단 오늘은 바다를 직접 확인하는 정도에서 만족하기로 했다. 결전에 앞서 불필요한 힘 낭비를 하는 것도 좋지만은 않았으니.

멕시코만(Gulf of Mexico).

적시운의 지식과 기억이 정확하다면 그가 향하는 바다의 옛 이름은 그러했다. 과거에도 몇 차례 기름 유출로 홍역을 겪었던 곳. 미네르바에 따르면 지금은 방사능과 석유가 뒤섞인 혼돈의 바다가 되어버렸다고 했다.

그래서 붙은 이름이 블랙 라이트. 마수들에게 있어선 성역이나 다름없는 곳이었다. 놈들에게 힘을 주는 두 가지 요소가 풍족히 갖춰진 장소이니.

황혼의 순례자가 산란 장소로써 택한 이유도 납득이 갔다.

'한데 제국 정부는 위기감도 느끼지 않는 건가?'

데이브레이크는 어디까지나 민간단체. 펜타그레이드 아킬레스 프레스터의 사조직이었다. 물론 아킬레스가 황제를 따른다고는 하지만, 제국의 공인 병력이라 보기엔 무리가 있었다. 결국 제국은 이번 사태를 방관하고만 있다는 뜻이었다. 재앙으로까지 분류되는 마수가 산란에 들어가려 하는데도 말이다.

[암만 봐도 제대로 된 국가는 아니란 말이지.]

천마의 목소리에서 비웃음이 묻어났다.

[이 코쟁이들의 나라를 볼 때마다 중원이 떠오른단 말이지. 그런 걸 보면 사람 사는 곳은 다 거기서 거기인지도 모르겠네.]

'당신네 나라도 이 모양이었다는 거야?'

[괜히 천마신교가 급속도로 교세를 확장시켰으리라 생각하나? 물론 가장 큰 요인이야 본좌의 능력이겠지만, 그 이면엔 황제와 국가를 향한 백성의 불신이 자리 잡고 있었네.]

'흠.'

[보아하니 이 나라도 정상은 아니야.]

'그럴지도 모르지만.'

적시운은 검은 안개를 헤쳐 나갔다.

'내가 신경 쓸 문제는 아니지.'

[정말 그렇게 생각하나?]

'그래.'

[집으로 돌아가고자 하는 자네의 의지는 높이 사네만, 귀환한다고 해서 모든 게 끝은 아닐 거라 보네.]

'…….'

[이런 대국조차도 이렇게 엉망진창인데 해동이라고 해서 크게 다를 것 같지는 않군. 이 괴물들과의 싸움은 집으로 돌아간다고 해서 끝날 문제가 아닐세.]

'그쯤은 나도 알아. 그렇기에 더더욱 돌아가야 하는 거야.'

적시운은 나직이 숨을 뱉었다. 얼굴을 휘감던 안개가 흩어졌다.

"가족들을 만나야만 그다음을 바라볼 수도 있을 테니까."

적시운은 계속하여 걸어 나갔다. 한 치 앞도 보이지 않는다는 점은 큰 문제가 되지 않았다. 기감을 통해 주변 지형과 정황을 생생히 파악할 수 있었기에. 어떤 면에서는 직접 보는 것 이상.

적시운의 걸음은 거침이 없었다.

순례자는 눈을 떴다. 마수들로 가득한 세계에 이물질이 침투했다. 그 이물질은 다수의 마수를 제거하고서 해안 안쪽으로 파고드는 중이었다.

마수들의 죽음은 조금도 아쉽지 않았다. 발에 채이도록 널린 것이 소모품이었으니까. 다만 이물질의 존재 자체는 귀찮기 짝이 없었다.

순례자는 가만히 놈을 주시했다. 검은 안개와 곳곳에 퍼져 있는 마수들이 바로 그녀의 눈과 귀였다.

이윽고 그녀는 깨달았다. 이 불청객이 바로 '그놈'임을. 그레이트 샌드웜을 죽임으로써 그녀의 첫 공세를 망쳐 놓은 장본인. 그 밉살스러운 인간이었다.

쿠구구구.

해안이 전율하고 파랑이 몰아쳤다. 그녀가 느끼는 환희와 기쁨에 세상이 동조하고 있었다.

순례자의 지성은 인간을 가볍게 능가하는 수준. 지금껏 만나온 대다수의 적은 육체만으로도 짓밟는 데 무리가 없었지만 그것이 그녀가 전술에 무지하다는 의미는 결코 아니었다.

적의 강점은 곧 적의 약점이기도 하다. 공략하여 무너뜨릴 수만 있다면 그 효과는 실로 치명적이기에.

더군다나 놈은 혼자. 자신의 힘에 심취하여 혼자서 안개 속으로 뛰어들었다. 실로 오만하기 짝이 없는 인간이 아닌가.

순례자는 조용히 마수들에게 의지를 전달했다. 마음 같아선 그녀가 직접 나서고 싶었지만 그럴 수는 없었다. 약삭빠른 인간은 그녀가 접근하기도 전에 달아나 버릴 터였다.

다행히도 놈이 향하는 곳은 바다. 기름과 방사능으로 범벅이 되어 있는 공간이자 가장 강력한 마수들이 득실거리는 곳이었다.

순례자는 숨을 죽였다. 그녀의 의지를 받은 마수들이 인간의 뒤를 쫓기 시작했다.

거리는 최대한 벌렸다. 그녀가 알고 있는 저 인간 놈은 교활하기 짝이 없는 존재. 약간의 허점만 보여도 비집고 들어올 게 뻔했다.

수천 마리의 마수가 그녀의 의지를 받아 인간을 차츰차츰 포위했다. 반경만 수 ㎞에 달하는 거대 포위진이 구축됐다.

오직 단 한 명의 인간을 제거하기 위하여.

[느껴지는가?]

"그래."

적시운은 걸음을 멈췄다.

쏴아아, 철썩…….

파도 소리가 희미하게 귀를 간질였다. 거리를 가늠하자면 대략 50m쯤 될까. 안개에 가려져 확연히 보이지는 않았지만, 바다에 다다른 것이 분명했다.

권풍이 됐든 염동력이 됐든, 안개를 쓸어낼 수단은 넘쳐났다. 하지만 괜한 힘 낭비를 할 순 없었다. 더더구나 지금 같은 상황이라면.

적시운은 미간을 찡그렸다.

"아무래도 함정에 빠진 모양인데."

먼 곳에서 마수들의 기척이 희미하게 느껴졌다. 기감에 집중하자 놈들이 반원형으로 적시운을 둘러싸고 있다는 걸 알 수 있었다.

미리 눈치채지 못한 이유는 단순했다. 놈들이 적시운의 기감의 범위 바깥에서 조심스럽게 움직였기 때문이었다.

“…….”

살짝 어이가 없기도 했다. 이쪽의 능력을 완전히 간파당하지 않고서야 불가능한 대처였던 것이다.

추측할 수 있는 경우는 하나뿐.

“황혼의 순례자…… 가 나선 건가?”

놈의 감지 능력이 적시운을 상회한다면 불가능한 일도 아니었다. 마수에 대한 순례자의 지배력이야 이미 수차례 경험한 바였고.

[보통 괴물이 아니로군. 이 정도면 가히 영물이라 불리기에 손색이 없어.]

천마의 어조에도 감탄이 서려 있었다.

‘너무 안일했다.’

잇따른 승전과 랭크 업으로 인한 지나친 자신감. 그로 인해 가장 중요한 사실을 어느 순간부터 잊었던 모양이다. 이 황폐한 세상에선 무슨 일이든 일어날 수 있다는 것을.

츠츠츠츠.

마수들이 포위망을 좁히기 시작했다. 먹잇감을 독 안에 가두었으니 더 이상 숨어 있을 필요가 없다고 판단한 모양이었다.

그 숫자는 수백, 혹은 수천. 당장 기감에 들어오는 숫자만 세 자릿수에 달하니, 실제로 얼마나 많은 개체가 있을지는 상상하기도 힘들었다.

[어쩔 텐가?]

'뚫고 가야지.'

예전이었다면 절망했을지도 모르지만 지금은 아니었다. 예기치 못한 한 방을 먹었다지만 치명타라 할 정도는 결코 아니었다. 순례자 본인이 나서는 게 아닌 이상은 두려워할 일이 아니었다.

촤아아아.

태풍이 불어닥친 바다처럼 파랑의 세기가 극심해졌다. 미친 듯이 요동치는 파도의 흐름이 적시운의 기감을 자극했다. 그리고 그 너머에 있는 존재.

"……!"

적시운은 반사적으로 신형을 반전시켰다. 순간 바다 방향의 안개가 홍해처럼 좌우로 갈라졌다.

'일부러 비워놓은 게 아니다.'

마수들이 바다에까지 포진하지 않은 것은 그럴 필요가 없었기 때문. 결코 적시운이 그쪽으로 달아나지 못하리란 확신이 있는 까닭이었다.

화아악!

갈라진 안개 너머로 푸른 안광이 번뜩였다. 이윽고 시커먼 무언가가 쇠사슬처럼 뿜어져 나왔다.

좌르르륵!

적시운에게 쇄도하는 것은 통나무 굵기의 촉수. 번들거리는 방사능으로 인해 빨판이 형광물질처럼 빛을 내고 있었다.

쿠구구구!

방출된 촉수는 모래사장을 쟁기처럼 갈아엎으며 쇄도했다. 반사적으로 신형을 날리는 적시운의 뇌리로 촉수의 주인이 스쳐 지나갔다.

'크라켄!'

더블 A랭크의 마수.

인간에게서 바다를 앗아간 마수 중에서도 특히나 돋보이는 악몽. 마수 전쟁 초기에 가장 많은 해군 피해를 일으킨 원흉이기도 했다.

부아아앙!

전기톱을 최대 출력으로 가동했다. 동시에 천마검기를 아낌없이 쏟아부었다. 진각을 밟은 적시운이 그대로 촉수를 향해 전기톱을 휘둘렀다.

카가가각!

시커먼 액체가 폭발적으로 튀어 올랐다. 처음엔 그것이 크라켄의 체액인 줄 알았으나 실제로는 표면에 묻은 기름에 불과했다.

'베이지 않는다!'

번들거리는 기름이 톱날 사이에 달라붙어선 절삭력을 감소시켰다. 방사능의 축복을 받은 거죽은 천마검기마저 그럭저럭 방어해 냈다.

제대로 각 잡고 초식을 펼친다면 또 모르겠지만 지금으로선 그것도 쉽지 않았다. 크라켄의 기습에 호응하여 포위 중인 마수들 또한 내달리기 시작한 것이다.

쿠오오오!

케에에엑!

사방에서 울리는 분노에 찬 포효성. 마수들의 발소리에 해안 전체가 부르르 떠는 듯했다.

[좋지 않군.]

수적 불리는 말할 것도 없는 일. 위치와 상황 또한 마수들의 손을 들어주고 있었다. 적시운은 그 와중에도 냉정을 유지했다. 아예 예상하지 못한 일도 아니었다. 설마 이 정도일 거라고까진 생각지 못했지만.

방심한 데 대한 반성은 나중으로 미루기로 했다. 지금은 혈로를 뚫는 데에 집중할 필요가 있었다.

"후우."

심호흡을 한 적시운이 쏟아지는 마수의 파도를 향해 뛰어들었다. 크라켄과 정면으로 붙는 것보다는, 차라리 다수의 잔챙이를 뚫고 나가는 편이 나을 거라 판단한 것이다.

마수들은 그러한 적시운을 향해 광기의 돌격을 감행했다. 자신들의 머릿속을 지배한 순례자의 의지에 따라.

굉음과 포효, 폭음과 충격파가 해안 곳곳으로 휘몰아쳤다.

한나절 가까이 이어지던 소음의 향연은 새벽녘에 완전히 사라졌다. 그 어떤 생명의 흔적조차도 남지 않은 그곳을, 검은 안개가 조심스럽게 휘감았다.

5

헨리에타 일행은 적시운이 말한 대로 얼마간 떨어진 위치에 자리를 잡았다. 안개가 침범하지 않는 절벽 아래의 그늘이었다. 자리 잡은 날 밤이 지나도록 적시운은 돌아오지 않았다. 이틀째 되는 밤 또한 마찬가지였다.

"찾으러 가 봐야 하지 않을까?"

밀리아가 운을 떼었고 헨리에타 또한 심정적으로는 동조했다. 이성적으로는 결코 동조할 수 없었지만.

"이곳을 지켜야 해. 괜히 찾겠다고 나섰다간 우리까지 미아가 되어버릴 거야."

그들의 능력만으로는 검은 안개 안쪽을 수색할 수 없었다. 수색은커녕 얼마 걷지도 못해 길을 잃을 것이 뻔했다. 설상

가상으로 마수들과 조우라도 하는 날엔 결코 생존을 보장할 수 없다. 용케 마수들을 피한다고 해도 안개 속에 섞여 있는 방사능에 의해 육체가 갉혀갈 것이다.

“그래서, 이대로 가만히만 있자고?”

“그래, 우리가 할 수 있는 건 믿고 기다리는 것뿐이야.”

“……그럼 나 혼자서라도 시운 님을 찾으러 갈래.”

“가지 마.”

밀리아는 그 말을 무시하고서 짐을 챙겼다. 하지만 이어지는 헨리에타의 말에 멈칫할 수밖에 없었다.

“지금 가버리면 다시는 나 못 볼 줄 알아.”

“…….”

“진심으로 하는 말이야. 그러니 좀 들어.”

결국 밀리아는 고집을 꺾었다.

“알았어, 알았다고.”

나직이 한숨을 쉰 헨리에타가 밀리아의 머리를 쓰다듬었다.

“그 남자가 이 정도로 죽었을 리 없잖아. 안 그래?”

“그건…… 그렇지.”

“무언가 딴짓에 정신이 팔려 있는 게 분명해. 전에도 몇 번이나 그랬었으니까. 그러니까 너무 걱정하지 마.”

“알았어, 알았다고.”

시무룩한 어조로 대꾸하는 밀리아였다. 사실 수색에 나서 봐야 성과가 없으리란 것은 그녀 또한 알고 있었다. 그저 답답함에 뭐라도 하고 싶었던 것뿐.

사흘, 나흘이 되어도 적시운은 돌아오지 않았다. 결국 닷새째 되는 날, 길드 연합의 본대가 먼저 도착해 버렸다.

본대 병력이 진영을 구축하는 동안 아킬레스가 헨리에타 일행을 찾아왔다.

"적시운 그 친구는 아직도 도착하지 않았소?"

"네."

나직이 대꾸하는 헨리에타의 얼굴은 예상 밖으로 평온했다. 며칠째 제대로 먹고 자지도 않아 수척하지 않을까 생각했던 아킬레스로서는 조금 의외였다.

이는 밀리아를 비롯한 다른 이들 또한 마찬가지. 느긋하다고까지는 할 수 없겠지만 조금도 좌절하거나 위축되지 않은 모습이었다.

"흐음."

황무지란 언제 어디서 죽음과 조우할지 알 수 없는 곳. 아무리 강한 인간이라 해도 허무하게 죽음을 맞이할 수 있는 공간이었다. 때문에 어느 정도 경험을 지닌 베테랑들은 동료의 죽음 앞에서 쉽게 일희일비하지 않는다. 죽음 하나하나에 일일이 슬퍼하다간 감정적 여력이 남아나지 않을 테니까. 하지만 그걸 감안하더라도 이들의 반응은 지나칠 정도로 평온했다.

'그만큼 그 친구에 대한 신뢰가 크다는 말인가? 그 친구가 살아 있으리라 철석같이 믿고 있다는 것인가?'

아주 이해 못 할 일은 아니었다. 아킬레스가 보기에도 적시운이란 사내는 상당히 인상적인 존재였으니까.

하지만 그는 현재 부재중. 블랙 라이트 해안의 특성을 감안한다면 죽었을 가능성이 상당히 높았다. 설령 죽지 않았다 하더라도 모종의 이유 때문에 귀환하지 못하고 있다는 것만은 분명했다.

"일단은 행방불명 처리를 해둬야겠군."

아킬레스의 말에 헨리에타가 자세를 바로 했다.

"그를 찾기 위한 수색대를 편성해 주실 수 있나요?"

"보통의 경우라면 힘들 것이오. 고작 한 사람을 찾기 위해 별도의 병력을 편성한다는 건 비합리적인 판단이니."

"하지만 이건 보통의 경우가 아니죠. 그렇지 않나요?"

"……."

아킬레스는 침묵을 대답으로 삼았다. 아무래도 어렵겠다는 태도였다. 연합의 모든 병력은 순례자의 사살을 최우선 목표로 움직여야만 한다. 단 한 명을 찾기 위해 수색대를 편성한다는 건 형평성 측면에서도, 전술적 측면에서도 문제의 소지가 많았다.

헨리에타는 실망하지 않았다. 어느 정도는 예상한 바였기에. 그래서 두 번째 안을 내놓았다.

"그가…… 적시운이 내건 조건은 여전히 유효하겠죠?"

"어떤 조건 말이오?"

"데몬 오더는 별동대로서 행동한다."

아킬레스는 고개를 끄덕였다. 하지만 표정은 그리 낙관적이지 않았다.

"직접 그를 찾겠다는 말씀이군."

"본대를 방해하는 일은 없을 겁니다."

"구체적인 계획은 말해주겠소?"

"본대와 함께 내부로 진입, 멀리 떨어지지 않는 식으로 수색을 하려 합니다. 경우에 따라선 전투에 참여할 수도 있겠고요."

나쁘지 않은 방식이었다. 데몬 오더의 입장에선 방패막이 생기는 셈이고, 연합의 입장에서 봐도 마이너스는 결코 아니었다.

"좋소. 네이트에게 얘기하지. 그 외에 더 필요한 게 있소?"

"방사능 보호용 장비를 대여해 주셨으면 해요. 더불어 오슬로 휘하의 병력을 돌려주시면 감사하겠습니다."

"방사능 문제라면 결계가 해결해 줄 것이오만."

"결계 바깥까지 나갈 경우도 상정해야 하니까요."

"그건 그렇군. 알겠소. 아마 여분의 장비가 있을 것이오."

"감사합니다."

헨리에타가 꾸벅 고개를 숙였다. 아킬레스는 쓴웃음을 지은 채 말했다.

"몹쓸 친구로군. 이런 미녀의 애간장을 태우게 만들다니."

농담조의 말에 헨리에타 또한 희미한 미소를 지었다.

"한두 번이 아니라서 이젠 그리 새삼스럽지도 않아요."

"적시운 그 친구가 살아 있을 거라 믿고 있구려."

"네."

헨리에타는 빙긋 웃었다.

"이 정도에 죽을 만큼 밋밋한 남자가 아니니까요."

아킬레스는 기함 오디세우스로 복귀하자마자 방사능 보호장비를 보내주었다. 오슬로와 옛 스펙터 길드원들의 손에 들려서.

"그가 행방불명됐다는 게 사실인가?"

오슬로의 질문에 헨리에타는 싸늘한 표정으로 화답했다.

"그래, 그렇다고 뒤통수라도 칠 생각이라면 관두길 권하겠어. 적시운만큼은 아니지만 우리도 결코 호구는 아니거든."

“걱정 마라. 스펙터가 풍비박산 난 이상, 너희를 배신해 봤자 돌아갈 곳은 없으니. 그자가 콜론의 골통을 빠개 버린 순간부터 우리와 너흰 운명 공동체나 다름없게 됐다.”

“그럼 다행이고.”

“한데 그가 살아 있는 건 확실한가?”

헨리에타는 살짝 입술을 깨물었다. 내내 태연한 척 굴기는 했지만 역시 마음 한구석에서 피어나는 걱정을 없애기는 어려웠다.

“살아 있어. 이 정도로 간단히 사라질 남자가 아냐.”

“꽤나 빈약한 논리로군. 그 말 자체에는 동감하지만.”

“동감한다면 최대한 협력해 줬으면 좋겠어.”

“알겠다.”

오슬로는 개량형 방독면을 얼굴 위로 덮었다.

“명령만 해라, 길드장 대리.”

선공을 취한 쪽은 놀랍게도 마수 측이었다. 진영 구축이 채 끝나지 않은 한밤중. 검은 안개는 평소보다도 넓은 공간에 자욱하게 깔려 있었다. 연합 측 진영의 일부가 그 범위에 들어갈 정도. 밤중인지라 육안으로 확인하기는 불가능에 가까웠다. 그 안개 속에서 마수들이 움직였다. 목표는 진영의 정중앙. 착륙해 있는 각 길드의 기함이었다.

츠츠츠츠.

밤에 녹아든 안개는 마수들의 소음까지도 일부분 차단했다. 때문에 수백 마리가 분주히 움직이고 있음에도 발생하는 소음은 그리 요란하지 않았다. 진영 구축 과정에서 생기는 소리에 묻히는 면도 있었고 말이다.

그렇다고 연합 측이 멍청히 있었던 것만은 아니었다. 사실 마수들이 움직이기 시작한 시점에 이미 관측 장비를 통해 파악을 마친 상태였다.

"어떻게 하시겠습니까?"

네이트의 질문에 아킬레스는 턱을 괴었다.

"이번엔 케르베로스에 맡겨보도록 하지. 필립 프라이스에게 연락하게."

"알겠습니다."

케르베로스 길드 또한 독자적인 감지 체계를 통해 마수의 준동을 감지한 상황. 이미 전투준비를 완벽하게 마친 상태였다.

케르베로스의 정예 공격대원들이 요격에 나섰다. 연합 측 진영 앞은 곧 치열한 전장으로 돌변했다.

"그럼 나는 눈이나 좀 붙여둬야겠군."

하품을 한 아킬레스가 문으로 향했다.

"자네도 좀 쉬어두게. 낮에는 아마 데이브레이크가 싸워야 할 테니."

마수들이 밤낮을 가리지 않고 밀고 들어올 것이다.

아킬레스의 말뜻은 그런 것이었다.

"30년 전에도 이런 식이었습니까?"

네이트의 질문에 아킬레스는 피식 웃었다.

"그때 어땠는지는 잘 알지 않나. 아마 나보다도 자세히 알고 있을 텐데."

"제가 접한 것은 기록과 증언뿐입니다. 변변한 영상 자료조차 거의 없고요. 실제로 그곳에 계셨던 분의 경험에 비할 바는 되지 못할 겁니다."

"흐음."

아킬레스는 천장을 올려다봤다. 무의식적인 행동이었지만 네이트는 그의 표정이 미세하게 일그러지는 것을 놓치지 않았다. 뒤늦게 괜한 질문을 했구나 하는 생각이 들었다. 30년 전을 떠올린다는 건 당시의 고통을 마주하는 것과도 같을 터. 아킬레스에게 있어선 결코 기꺼운 일이 아니었다.

"아킬레스 님, 제가 괜한 말을……."

"아니, 마음에 담아둘 것 없어. 나는 괜찮으니."

선선히 고개를 저은 아킬레스가 말했다.

"그때도 지금과 마찬가지였지. 황혼의 순례자가 택한 주 전략은 파상 공세였어. 일정 숫자의 마수 무리를 번갈아 가며 쉼 없이 쏟아붓는 방식이었지."

압도적인 수적 우위를 점했기에 가능한 전술. 밤낮을 가리지 않는 전투로 인간 측의 피로를 가중시키려는 것이었다.

이에 대응하려면 인간 측도 로테이션을 돌릴 수밖에 없다. 원래대로면 케르베로스, 데이브레이크, 스펙터의 세 길드가 교대를 하고 나머지 길드들이 밸런스를 맞추는 형태로 대응할 수 있었으리라.

하지만 한 축이었던 스펙터가 소멸해 버린 지금은 로테이션의 구성 또한 바뀔 수밖에 없었다. 그나마 나머지 군소 길드들이 제법 뛰어나다는 게 다행이었다. 질적으로나 양적으로나.

"순례자가 직접 나서는 건 언제쯤이 될까요?"

"그것까진 모르겠군. 30년 전 당시엔 우리가 놈이 있는 곳까지 치고 들어갔었으니. 그래도 분명한 건, 놈도 그때의 기억을 고스란히 가지고 있을 거란 점이야."

"그렇다면……."

"교활한 놈이니 뭔가 다른 꿍꿍이를 가지고 있을 확률이 높지."

아킬레스의 눈빛이 깊어졌다.

"그래, 그럴 게야."

순례자는 느끼고 있었다. 방해자들, 다수의 인간이 해안에 다다랐다는 사실을. 즉시 근방의 마수들을 긁어모아 그쪽으로 보냈다. 비교적 멀리 떨어져 있는 마수들에게도 소집 명령을 내렸다.

인간의 연락 체계 및 속도마저 능가하는 강력한 정신 지배 능력. 순례자의 대응엔 빈틈이 없었다. 다만…….

황혼의 순례자는 고개를 돌렸다. 인간의 무리와 동떨어진 해안의 어딘가, 그곳에 놈이 있었다. 아직 죽지 않고서 극한까지 기척을 죽여 순례자의 감지 체계마저 벗어난 채로.

기실 그쪽이 더 신경 쓰이는 게 현실이었다. 네 자릿수에 가까운 인간의 무리보다도.

한 치 앞도 보이지 않는 어둠 속.

별빛마저 새어 들어오지 않는 칠흑 같은 곳에 적시운이 정좌한 채 앉아 있었다.

똑, 똑.

죽음과도 같은 고요 속에 물방울 소리만이 또렷하게 울렸다. 갈 곳 잃은 메아리가 어둠 속을 방황하는 와중. 그 한가운데에 정좌하고 있는 적시운은 홀로 평온한 존재였다.

"……."

무혼흡의 묘리를 극도로 발휘하여 일신의 기척을 최대한 낮춰놓은 상태. 지금의 적시운은 무생물이나 다름없었다.

그가 앉아 있는 곳은 해저 동굴의 내부. 검은 안개가 침범하지 않은 장소였다. 사방이 꽉 막혀서 햇빛조차 새어들지 않았지만 별문제는 되지 않았다. 적시운에게 있어 어둠은 낯설고 두려운 존재가 결코 아니었으니.

철썩. 쏴아아.

무언가에 부딪혀 부서지는 파도 소리. 적시운의 발치까지 이어지는 그것은 크라켄의 사체였다. 물론 동굴 안쪽에 널브러져 있는 것은 사체의 일부분. 인간으로 치면 머리통이라 할 수 있을 그것은 크라켄의 유해였다.

"……."

마수들에게 포위당한 적시운의 활로는 결국 두 가지였다. 잔챙이들을 뚫고 육로로 탈출하거나 위험을 감수하고 바다로 달아나거나.

처음에는 육로를 택했다. 까다로운 크라켄보다는 잔챙이 다수를 상대하는 게 편할 거라고 생각했기 때문이다. 하지만 이내 마음을 바꿨다. 보다 넓은 관점에서 상황을 보라는 천마의 한마디 때문이었다.

[이 안개를 벗어나지 못하는 한 자네는 저 영물의 시야에서 벗어날 수 없을 걸세. 한데, 안개가 자욱한 육로를 택하겠다는 건가?]

평소였다면 한 귀로 흘려 넘겼을 것이다. 하지만 평소와 달랐다. 그냥 흘려 넘기기엔 천마의 조언이 지닌 무게감이 너무 컸다.

결국 적시운은 크라켄 쪽으로 방향을 전환했다.

휘리리릭!

크라켄은 촉수를 뻗어 삽시간에 적시운을 휘감았다. 그러고는 곧장 바다로 끌어들였다. 육지 생물을 처리하기 위한 가장 좋은 방식. 마수들을 비롯해 수많은 생명체를 먹잇감으로 만든 필승의 전략이었다.

그리고 적시운이 바라던 바이기도 했다.

콰르르르!

방사능과 기름에 찌든 바닷물이 몸 구석구석으로 스며드

는 듯했다. 그래도 적시운은 당황하지 않았다. 그저 호흡을 멈춘 채 타이밍을 노릴 따름이었다.

[후후후. 이럴 때만큼은 본좌의 조언을 귀담아듣는구먼.]

'…….'

[천마결이 숙련 단계에 이르게 되면 호흡 없이도 반각가량을 버티는 게 가능하지. 완숙한 경지에 이른다면 체내의 진기를 전환시켜 호흡에 이용할 수도 있겠지만, 아쉽게도 자네의 수준으로는 아직 무리로군.]

'집중해야 하니까 입 좀 다물고 계시지?'

[…….]

쿠르르르…….

크라켄은 적시운을 바다 깊은 곳으로 끌고 들어갔다. 몇몇 육지 마수가 바다로 뛰어들었지만 허우적거리기만 할 뿐이었다. 수영을 한다손 쳐도 크라켄의 속도를 따라잡기란 무리일 테지만.

크라켄은 빠르게 해저로 파고들었다. 모처럼 잡은 싱싱한 먹잇감을 홀로 독식하겠다는 판단이었다. 몸뚱이는 작아도 품고 있는 에너지가 상당했다. 크라켄 같은 상위 마수에게 있어선 수십 톤의 고급 육류보다도 값진 먹잇감이었다.

이는 순례자가 미처 계산하지 못한 변수였다. 보다 크고 강한 개체일수록 자의식이 강한 법. 이는 곧 순례자의 세뇌 효과가 낮을 수밖에 없다는 의미였다.

결국 크라켄의 자의식이 순례자의 지배력을 앞섰다. 순례자는 황급히 다른 해양 마수를 지배하려 했지만 이미 늦은 뒤였다.

다른 마수들과는 완전히 멀어졌다. 방해받고 싶어도 방해받지 못할 터. 그리고 그 때는 적시운이 크라켄에 대한 대응 방안을 어느 정도 구축한 뒤이기도 했다.

'좋아.'

죽은 척 널브러져 있던 적시운은 기운을 격발시켰다. 방해꾼들에게서 벗어났다고 방심하고 있는 크라켄의 허를 찌르는 한 방이었다.

파앙!

촉수에서 풀려난 적시운을 향해 크라켄이 쇄도했다. 적시운으로선 속전속결이 필요한 시점이었다.

적시운은 손을 뻗어 등을 더듬었다. 등허리에 걸려 있어야 할 전기톱이 손에 잡히질 않았다. 끌려 들어가는 동안 떨어져 나간 모양이었다. 놈의 거죽은 천마검기조차 어느 정도 상쇄시킬 정도로 탄성이 좋았다. 하지만 모든 부위가 그렇게 질기고 탄탄하진 않을 터였다.

'그렇다면…….'

적시운은 크라켄의 머리 쪽을 향해 신형을 쏘았다. 해양 마수의 유영 속도에 비할 바는 아니지만 방향 전환이 용이하다는 장점이 있었다.

적시운은 그 이점을 십분 활용, 쇄도하는 촉수들 사이를 섬전처럼 빠져나갔다.

목표는 놈의 머리통.

부릅뜬 눈알이 적시운을 노려보고 있었다.

'뚫는다!'

돌진하는 기세를 담아 낭혼격권을 펼쳤다. 진각을 밟은 게 아닌지라 경력을 고스란히 담지는 못했지만 대신 돌진력이 더해짐으로써 위력을 보완했다.

미처 회피하지 못한 크라켄의 눈알 한가운데로 낭혼격권의 권풍이 화살처럼 내리꽂혔다.

푸확!

안구가 터지면서 시커먼 체액이 뿜어져 나왔다. 안 그래도 검은빛의 바닷속이 한 치 앞도 볼 수 없을 만큼 탁해졌다.

적시운은 개의치 않았다. 시야의 협소화는 쌍방에게 미치는 것. 그렇다면 기감을 지닌 적시운 쪽이 압도적으로 유리했다.

콰르르르!

고통과 분노 속에서 크라켄이 마구잡이로 다리를 휘둘러댔다. 적시운이 달아나기라도 할까 봐 곳곳을 향해 촉수를 뻗고 있었지만 정작 적시운의 선택지는 퇴각이 아닌 진격이었다.

'한 번 더!'

물살을 가르고 나아간 적시운이 재차 주먹을 그러쥐었다. 천랑섬권의 권기가 깨어진 크라켄의 안구 속으로 파고들었다.

콰직! 콰드득!

용암과도 같은 기운이 크라켄의 내부를 헤집어 놓았다. 적시운은 거기서 멈추지 않고 연격을 잇따라 계속 먹였다.

쾅! 쾅! 콰광!

미친 듯이 발버둥 치던 크라켄의 움직임이 차츰 줄어들었다. 미약한 움직임은 이내 경련으로 바뀌었고 내부로부터 터져 나온 기운에 의해 촉수들이 찢겨 나갔다.

적시운 또한 한계에 이른 시점이었다. 황급히 수면 위로 올라가 바삐 숨을 몰아쉬었다. 물 밖으로 나오니 육지가 보이지 않을 지경. 생각보다도 멀리 끌려왔다는 게 실감이 됐다.

"이제…… 어떻게 한다?"

적시운의 선택은 기척을 감추는 것이었다. 어차피 지금 육지로 돌아가 봐야 또다시 순례자의 타깃이 될 뿐. 그러느니 차라리 놈의 허를 찌르기로 한 것이다.

그 와중에 우연히 해저 동굴을 발견할 수 있었다. 적시운은 가라앉고 있는 크라켄의 사체를 분해하여 코어가 있는 부위를 떼어냈다.

유해를 가지고 해저 동굴로 향한 것이 닷새 전. 코어를 수거하여 흡수한 다음 지금까지 숨을 죽이고서 기다렸다.

"지금쯤이면 길드 연합이 도착했겠지."

지금이라면 밖으로 향하여 본대와 합류해도 좋을 것이었다. 걱정하는 이들을 안심시키기 위해서라도.

하지만 적시운은 기다리기로 했다. 이 싸움은 단순히 마수를 많이 때려잡는다고 끝날 일이 아니었기에.

궁극적이자 유일한 목표는 결국 황혼의 순례자. 놈의 숨통을 끊을 가장 효과적인 방안을 찾을 필요가 있었다.

'아직은 때가 아니다.'

적시운은 그렇게 판단했다. 천마 또한 그 생각에 동의하는 듯 침묵을 지켰다.

스르르륵.

적시운의 신형은 다시 어둠에 녹아들었다. 종유석에서 떨어지는 물방울 소리만이 어둠 속에 울려 퍼졌다.

콰과과광!

연쇄 폭발의 불길 사이로 시커먼 파편들이 튀어 올랐다. 어보미네이션 골렘에게서 떨어져 나온 육편이었다.

—뒈져라!

폭발로 인해 걸레짝이 된 골렘의 머리 위로 워해머가 내리꽂혔다. 썩은 사체로 이루어진 골렘이 물풍선처럼 터져 나갔다.

—정화 작업을 실시하겠습니다!

변환술사로 이루어진 서포터들이 힘을 발휘했다. 사방팔방에 달라붙어 썩어들어 가는 골렘의 파편들이 빛에 휩싸여 소멸했다.

—뒤치기 당한다! 서브 탱커들 지원 좀!

—지금 간다! 조금만 버텨!

—전갈 새끼들이 능선을 타고 올라갑니다. 저격하려는 게 분명해요!

—원딜은 다 날 따라와! 개새끼들한테 본때를 보여주자!

—힐러! 힐러 좀 아무나 이리로 와줘! 치료가 필요하다!

—제가 가겠어요!

폭음과 굉음, 비명과 포효가 뒤섞인 전장. 케르베로스 길드가 주축이 된 병력이 마수들과 혈전을 펼치는 중이었다.

그들이 전투에 투입된 건 이걸로 4번째. 길드 연합은 총 3개의 부대로 나뉘어선 교대 전투를 실시하고 있었다.

교대 간격은 8시간. 이는 곧 블랙 라이트 해안에 들어선 지 사흘이 지났다는 의미였다.

마수들은 쉬지 않고 몰려들었다. 죽여도 죽여도 끝이 없는 것이 뉴 텍사스주의 모든 마수가 몰려온 게 아닐까 싶을 지경이었다.

그 와중에도 길드 연합은 착실히 전진해 나가고 있었다. 전투 현황 또한 긍정적인 게, 원래의 예상보다도 사상자가 적었다.

물론 마냥 기뻐할 일은 아니었다. 그것은 무엇보다도 직접 전투에 나서는 이들이 잘 알고 있었다.

"힐러들의 회복량이 점층적으로 증가 중입니다. 첫 전투의 회복량이 1이라면 두 번째와 세 번째엔 각각 3과 5, 지금은 10이 넘습니다."

그만큼 부상 빈도가 높아지고 있다는 뜻. 탱커 및 힐러들의 부담이 기하급수적으로 늘어나고 있다는 의미이기도 했다.

차트를 응시하던 필립 프라이스가 부관에게로 시선을 돌렸다.

"황혼의 순례자의 행방은 아직도 오리무중인가?"

"예, 일단 데이브레이크 측의 얘기는 그렇습니다."

"일부러 숨기고 있을 가능성은 없고……. 역시 순례자의 지성이 우리의 상상을 초월한다는 건가."

이 전투는 실로 장대한 규모의 숨바꼭질과 같았다. 길드 연합은 전투를 이어 나가는 동시에 필사적으로 순례자의 행방을 쫓았다.

위성, 이능력, 그 외의 모든 관측 장비를 동원해 놈의 위치를 추적하는 중이었다.

순례자 또한 잡히지 않기 위해 최선을 다하고 있었다. 지속적으로 마수들을 투입해 인간 측의 진을 빼놓는 한편, 다양한 교란책을 사용해 추적을 빠져나갔다.

결국은 진득한 소모전만 이어지는 중. 길드 입장에선 결코 좋다고 볼 수 없는 일이었다. 피로가 계속 누적되다 보면 결국 한꺼번에 붕괴하는 순간이 올 터였다.

마수들 역시 지속적으로 숫자가 줄어가고는 있었다. 하지만 워낙 물량이 압도적이다 보니 좀처럼 티가 나질 않았다.

"이대로 가다간 말라 죽게 될지도 모른다. 아킬레스 역시 이를 알고 있을 텐데."

필립은 나직이 한숨을 쉬었다.

"그렇더라도 그를 믿을 수밖에 없나."

아킬레스는 전투에 일절 참여하지 않고 있었다. 힘을 비축하겠다는 뜻. 오직 황혼의 순례자만을 노리겠다는 의지가 느껴졌다.

하지만 정작 순례자의 그림자조차 보지 못하는 상황. 자연히 아킬레스에 대한 불만이 피어날 수밖에 없었다. 지금은 전투가 호각지세를 이루고 있기에 표면화되지 않았을 뿐. 조금이라도 열세에 들어서면 길드장들은 앞다투어 아킬레스를 비난할 것이었다.

"저……."

익숙한 목소리. 필립은 의자를 회전시켰다. 집무실 문틈으로 에스텔이 고개를 내밀고 있었다.

"죄송합니다, 아가씨. 그에 대한 추가 소식은 들어오지 않았습니다."

"그런가요."

에스텔이 시선을 내리깔았다. 근심이 어려 있는 얼굴. 그래도 좌절감은 느껴지지 않았다.

"그가 살아 있다고 생각하시는군요."

"네."

에스텔의 대답엔 흔들림이 없었다. 그러고 보면 데몬 오더의 잔당들 역시 적시운의 생존을 믿어 의심치 않는 분위기였다. 거듭된 수색에도 실마리 하나 건지지 못했건만, 절망하는 분위기는 결코 아니었다.

'그만큼 그 사내를 신뢰한다는 뜻이겠지.'

과연 이 냉혹한 황무지에서 어느 누가 그 정도의 신뢰를 받을 수 있을까.

펜타그레이드라도 되지 않는 이상은 힘들 터였다.

6

길드 연합이 블랙 라이트 해안에 들어선 지 일주일. 죽음의 추격전이 마침내 끝났다. 데이브레이크의 통신 위성 시스템이 마침내 황혼의 순례자를 추적해 낸 것이다. 특이하게도 내륙에 가까운 위치. 낭떠러지에 둘러싸인 협곡 내부였다.

"협곡 안쪽의 공간은 제법 널찍합니다. 산란을 하기 위해 택한 장소이니 그럴 만도 하겠지요."

데이브레이크의 기함 오디세우스. 연합의 수뇌부가 모여 회의를 진행 중이었다.

"자세한 지형을 알 수 있겠소?"

한 길드 마스터의 질문에 네이트는 홀로그램을 띄웠다.

"물론입니다."

협곡의 지형이 3D 시뮬레이팅 그래픽으로 구현됐다. 규모를 보건대 협곡이라기보다는 분지에 가까운 지형이었다. 얼추 원형을 이르는 절벽이 주변을 둘러싼 가운데 그 내부는 널찍한 평지였다. 일견 콜로세움을 연상케 하는 형태. 들어올 테면 들어와 보라는 순례자의 목소리가 들리는 것만 같았다.

"다행히 안으로 이어지는 통로는 크게 잡아도 3개가 넘지 않습니다. 다시 말해, 진입했을 때 앞뒤로 공격당할 위험은 적다는 의미입니다."

"흐음."

"자신감의 표출인지도 모르겠군요."

필립이 나지막이 입을 열었다.

"전력을 생각한다면 바다와 인접한 위치를 택했을 텐데 말입니다."

일반적으로 마수의 강력함은 바다, 육지, 공중 순이라고 알려져 있었다. 실제로 대양에는 크라켄이나 메갈로돈 같은 A랭크 이상의 마수들이 득실거렸다. 한데 순례자는 바다와 동떨어진 내륙의 협곡을 선장으로 택했다. 필립의 말마따나 자신감이 있지 않고서는 취하지 못할 선택이었다.

"그렇게 볼 수도 있겠지만 내 생각은 다르오."

아킬레스의 목소리. 길드장들의 시선이 자연히 그에게로 집중됐다.

"순례자의 정신 지배 능력은 물론 강력하지만 절대적이진 않소. 상위 등급의 개체일수록 저항하거나 반발할 가능성이 높지."

"해양 마수들이 정신 지배에 반발할 수도 있단 말씀입니까?"

"그렇소. 실제로 그런 상황을 목도한 적이 있지."

"30년 전에 말씀이군요."

"음."

필립은 고개를 끄덕이고서 입을 다물었다. 유일하게 순례자와 맞서본 당사자의 말. 의문을 품는 것은 어리석은 짓이리라.

"어쨌든 우리가 취할 작전은 단순합니다. 앞서 셋으로 나눈 병력을 통합, 전원이 순례자를 포위하여 공세를 취할 것입니다."

"총공격이군요. 하지만 외부의 마수들을 생각해야 하지 않습니까? 입구가 셋뿐이라지만 점거당할 경우엔 앞뒤로 협공당하게 될 텐데요."

"백업 팀이 각 입구를 방어할 겁니다. 지형이 좁은 편이니 기간틱 아머로 탱킹하고 포격 부대가 대미지 딜링을 한다면 반나절 이상은 너끈히 버틸 수 있습니다."

"무슨 말씀인지 알겠습니다."

고개를 끄덕인 필립이 말을 이었다.

"그렇다면 이제 가장 중요한 문제가 남았군요. 어떻게 순례자를 탱킹하느냐는 문제 말입니다."

회의장에 침묵이 내려앉았다. 황혼의 순례자 같은 초대형 마수를 상대할 땐 탱킹의 의미가 상당 부분 희석되는 게 일반적이었다. 워낙 거대하며 강대한지라 한순간에 여러 곳을 동시타격하는 것쯤은 일도 아니기 때문이다.

A랭크 상위권의 대형 마수만 해도 대여섯 명의 탱커를 활용하는 멀티 탱킹 시스템으로 사냥하기 일쑤. 그보다도 거대한 순례자라면 기실 각 딜러 파티마다 한 명 이상의 탱커가 붙어야 할 터였다.

"그것은……."

네이트의 어깨에 큼직한 손이 얹혔다. 아킬레스였다.

"탱커는 한 명이오. 그 한 명이 황혼의 순례자를 홀로 탱킹할 것이오."

"예?"

"그게 대체 무슨 말씀입니까?"

길드장들이 깜짝 놀라 반문했다. 반면 필립은 알겠다는 표정으로 고개를 끄덕일 따름이었다.

"아킬레스 님께서 말이군요."

"그렇소."

묵직한 충격이 좌중을 쓸고 지나갔다. 텔레포터가 탱킹을 한다는 것 자체가 전대미문이었던 까닭이다.

비록 S랭크, 신의 경지에 이른 능력자라고는 하지만 텔레포트가 탱킹에 적합한 능력인지는 의문이었다. 하지만 아킬레스의 태도는 더없이 진지했다. 때문에 뭐라고 의문을 제기하기조차 어려웠다.

그 와중에도 필립은 차분했다. 마치 혼자서만 모든 걸 이해했다는 듯한 태도인지라 몇몇 길드장은 시기심에 혀를 찼다.

"서브 탱커가 필요하진 않겠습니까?"

"의미 없을 것이오. 내 방어가 뚫릴 정도의 공격이라면 이곳에서 방어할 자가 아무도 없다는 뜻이니."

"그렇습니까."

"다만 암석이나 그 외의 파편들이 튈 염려는 높으니 딜러들에게 유의하라고 전해주었으면 하오."

과연 그 정도만으로 괜찮을까.

길드장들의 얼굴에 드러난 표정은 그러했다. 필립 또한 이를 묵과할 순 없었기에 대표 격으로 질문했다.

"이런 질문이 결례인 줄은 압니다만 사안의 중함이 큰 만큼 드릴 수밖에 없겠군요. 정말 아킬레스 님의 탱킹 능력을 신뢰해도 되겠습니까?"

"여러분께서도 아시다시피."

아킬레스는 가만히 좌중을 돌아봤다. 감히 그와 눈을 마주치려는 길드장은 없었다.

"나는 놈을, 황혼의 순례자를 잡기 위해 30년을 기다려 왔소. 누군가의 일생에도 필적할 만한 시간 동안 복수의 칼날을 갈고닦아 왔다는 뜻이오."

"……."

"아마 세상 그 누구도 나 이상으로 놈을 증오하진 않을 것이오."

아킬레스의 두 눈에 귀기가 어렸다. 길드장들은 숨 쉬는 것조차 거북할 정도의 압박감에 식은땀만 흘렸다.

"사냥감을 죽이는 것은 결국 대미지 딜러의 몫이지. 딜러가 타격을 입는다는 것은 곧 사냥의 실패를 의미하오. 놈을 죽이고자 지난 30년을 바쳐 온 내가, 과연 그런 짓이 벌어지게 둘 것 같소?"

"……."

"이 정도면 답변이 됐으리라 생각하오. 그래도 믿지 못하겠다면 어쩔 수 없지만."

감히 못 믿겠노라고 말하는 이는 없었다.

"전투 개시는 내일 오전 7시가 될 것이오."

아킬레스의 눈동자에서 귀기가 사라졌다. 그는 차분한 얼굴로 길드장들을 돌아보며 말을 이었다.

"그때까지 충분히 휴식을 취해주셨으면 하오."

"예."

회의는 그렇게 끝났다. 길드장들은 달아나다시피 회의장을 빠져나갔다.

마지막까지 그 자리에 남은 것은 네 사람. 그중 셋은 아킬레스와 네이트, 필립이었다.

"미안한 얘기지만 내일은 전투에 합류해 주셨으면 합니다."

네이트의 말에 마지막 한 사람이 고개를 끄덕였다.

"물론 그럴 생각이에요."

"적시운의 일은 유감입니다."

마지막 한 사람, 헨리에타는 쓴웃음을 지었다.

"어쩔 수 없죠. 본인이 나타나기 싫다는데."

그녀의 말에 네이트 또한 쓴웃음을 지었다. 정말 그럴까 하는 생각이 드러난 표정이었지만 헨리에타는 불쾌하게 느끼지 않았다. 그녀가 네이트의 입장이었더라도 비슷한 생각이었을 테니.

"그간 수색을 지원해 주셔서 감사해요."

"해야 할 일을 했을 뿐입니다. 오히려 우리가 감사해야 할 일이기도 하고 말입니다."

데몬 오더는 수색에 집중하는 와중에도 다양한 방식으로 마수들을 후방 교란해 왔다. 끝없이 몰려드는 마수들을 상대해야 했던 길드 연합 입장에선 가뭄의 단비 같은 지원이었다.

"한데……."

네이트는 필립을 돌아봤다.

"아직 하실 말씀이 더 남아 있습니까, 필립 님?"

"예."

필립은 아킬레스를 바라보고 있었다. 노골적인 시선에 아킬레스는 고소를 머금었다.

"말씀해 보시구려."

"예, 여유가 많지 않으니 단도직입적으로 묻겠습니다. 외부의 지원을 받을 길은 없습니까?"

"외부의 지원?"

"그렇습니다. 예컨대 다른 펜타그레이드에게 도움을 청하거나 할 수 있지 않겠습니까?"

"……."

"아킬레스 님을 폄하하려는 게 아닙니다. 오히려 그 반대지요. 홀로 황혼의 순례자를 탱킹하겠다고 나설 수 있는 사람은 제국을 통틀어 아킬레스 님뿐일 것입니다."

"그런 아킬레스 님과 동급의 힘을 지닌 펜타그레이드가 한 명만이라도 합세한다면 더없이 큰 힘이 될 거란 말씀이군요."

헨리에타의 요약에 필립은 고개를 끄덕였다.

"그렇습니다, 헨리에타 테일러 양."

"예전처럼 편하게 불러주세요, 선배."

옛 케르베로스 길드의 선후배지간. 두 사람이 간단히 눈인

사를 나누었다.

네이트는 미묘한 기대감을 품고서 아킬레스를 바라봤다. 그가 알기로는 또 한 명의 펜타그레이드가 현재 시타델을 방문한 상태였다.

'만약 그녀의 힘을 빌릴 수만 있다면…….'

당장 아킬레스만 해도 홀로 순례자를 탱킹할 수 있다고 말하고 있었다. 그와 동격이라 평가받는 펜타그레이드가 한 명만 추가되더라도 증대되는 힘은 어마어마할 터였다. 그러나 아킬레스는 굳은 얼굴로 고개를 저었다.

"어려울 것이오."

"……이유를 여쭤봐도 되겠습니까?"

"그들은 오히려 나의 죽음을 바라고 있을 테니까."

역시나 같은 대답. 지난번에 네이트가 얘기를 꺼냈을 때와 같은 반응이었다.

"가장 우호적인 이들조차 중립을 지키는 게 고작일 것이오. 우리들 펜타그레이드는 꽤나 지독한 경쟁 관계거든."

"그 경쟁심이란 게 마수와의 전쟁보다도 중요하다는 건가요?"

이해할 수 없다는 헨리에타의 반응. 아킬레스는 쓴웃음을 지으면서도 한 치의 망설임도 없이 대답했다.

"그렇소이다."

"……."

"이해해 주셨으면 좋겠군. 이런 표현이 어찌 들릴지 모르겠소만 여러분이 떠올릴 법한 가능성이라면 나 역시 떠올려 보았을 것이오."

"그건 그렇군요. 괜한 얘기를 꺼낸 듯싶습니다. 이해해 주시길."

"괜찮소."

아킬레스는 포근한 미소를 지었다. 젊은 외관을 지녔음에도 늙은이가 따로 없더라는 적시운의 말을 헨리에타는 조금이나마 이해할 수 있을 것 같았다.

"그럼 푹 쉬고 내일 봅시다. 부디 내일 이후에도 이렇게 다시 만나 담소를 나눌 수 있기를 바라겠소."

결전 전야의 대지는 고요하기 짝이 없었다.

여전히 많은 숫자의 마수가 남아 있었지만 협곡 쪽으로 접근하는 놈은 하나도 없었다. 순례자의 대한 두려움 때문인지, 놈의 명령을 받았기 때문인지는 알 길이 없었다.

다만 그 덕에 길드 연합이 오아시스와 같은 휴식을 얻었다는 것만은 분명했다.

백업 팀은 협곡으로 들어서는 입구 쪽에 자리를 잡았다. 공격대원은 기함 내부에서 휴식을 취했다.

다음 날 아침, 공격대원들은 하선하여 대지에 착륙했다. 하지만 곧바로 협곡 내부로 진입하진 않았다.

"안개부터 몰아내도록 하겠습니다."

협곡 내부는 지표면보다도 고도가 낮았다. 그런 탓인지 공기보다 무거운 검은 안개가 고밀도로 축적되어 있었다. 그대로 들어갔다간 전투에 차질을 빚을 터. 다행히 데이브레이크는 이에 대한 대비책을 지니고 있었다.

푸확.

기함 오디세우스로부터 대량의 약품이 살포되었다. 특수 약품은 일련의 과정을 거쳐 검은 안개를 중화시켰다. 안개가 사라지며 시야가 탁 트였다. 남아 있는 어둠은 협곡 자체가 품고 있는 그림자뿐.

"……."

그 너머를 뚫어져라 노려보던 아킬레스가 걸음을 떼었다.

제22장
에픽 레이드(2)

7

저벅저벅.

외로운 발소리가 깎아지른 듯한 절벽 사이사이로 메아리쳤다. 자연이 깎아 만든 거대한 회랑을 아킬레스는 가만히 걸어 나갔다.

뒤따르는 이는 없었다. 그를 제외한 나머지 공격대는 약간의 시간차를 두고서 투입될 예정이었다.

형언하기 힘든 감회가 노장의 가슴을 뜨겁게 데웠다. 30년 전, 그때와는 전혀 다른 공간과 시간대인데도 묘한 그리움이 들었다.

그때는 혼자가 아니었다. 수십 대의 기간틱 아머가 탱킹을 맡았었고 제국군의 정예 부대가 아킬레스의 곁에 있었다.

지금은 그 혼자. 하지만 이것이 정답이었다. 대재앙으로까지 분류되는 괴물을 막아내기 위해선 양이 아닌 질을 높일 필요가 있었다.

"그것을 깨닫기까지 너무 오랜 시간이 흘러 버렸지."

아킬레스는 걸음을 멈췄다. 애초에 이 안으로 걸어 들어온 것은 인사나 다름없는 것. 놈에게 자신이 왔음을 알려주기 위함이었다.

팟.

주변의 풍광이 삽시간에 바뀌었다. 더 이상 아킬레스는 끝없는 나락으로 이어지는 듯한 능선에 서 있지 않았다. 그는 허공을 부유하고 있었다.

안개가 사라지고 난 평평한 대지, 주변이 탁 트인 콜로세움과 같은 공간, 그리고 시야를 가득 채우는 거대한 갑각. 그 모든 게 아킬레스의 발아래에 펼쳐져 있었다.

쿠구구구.

놈이 고개를 들어 올렸다. 전체적인 형체는 엎드린 거북이를 닮은 모습. 다만 거북목 생물 특유의 등껍질은 존재하지 않았다.

크로울링 드래곤(Crawling Dragon)이란 이름 그대로 날개를 모두 뜯긴 드래곤 같기도 한 모양새. 그 크기만 해도 어지간한 트럭보다 거대한 머리에는 수백 개의 눈알이 촘촘히 박혀 있었다. 누런빛을 띤, 하나하나의 크기만 해도 인간의 머리통보다 거대한 안구들. 그중 일부가 아킬레스를 응시했다.

아직 산란에 들어가지는 않은 듯했다. 아킬레스로서는 좋은 일이었다. 배 속에 자식들을 품고서는 전력을 다하기가 버거울 테니.

"운명이란 참 아이러니하지. 그렇게 생각하지 않나?"

"……."

"30년 전엔 내 혈육을 앗아간 네놈이, 이제는 자신의 알들을 품고서 나와 마주하고 있군."

놈이 자신의 목소리를 이해할 것 같지는 않았다. 그래도 상관없었다. 자기 자신만 만족할 수 있으면 그만이었기에.

아킬레스는 웃었다. 행복에 겨운 자의 미소였다.

"그 빌어먹을 알들, 모조리 네놈 앞에서 산산조각을 내줄 것이다."

쿠구구구!

대지가 진동하기 시작했다. 순례자가 단순히 몸을 일으키기만 했는데도 협곡 전체가 무너질 듯 흔들렸다.

그 와중에도 순례자는 주변을 두리번거리는 듯했다. 눈앞의 아킬레스에겐 관심도 없는 양, 무언가를 찾아내려는 듯한 기색이었다.

"나 한 명만으로는 성에 차질 않는다는 거냐?"

아킬레스는 피식 웃었다.

"우선은 만족부터 시켜드려야겠군."

부릅뜬 아킬레스의 두 눈이 푸른빛으로 물들었다. 이능력은 무한정한 힘이 아니다. 빠르고 간결하기 회복하기 위한 수단이 달리 존재하는 것도 아니다. 따라서 체력과 정신력, 그리고 컨디션을 최고치로 맞춰놓을 필요가 있었다. 최상의 상태로 싸우기 위하여.

때문에 지난 일주일 동안 아킬레스는 단 한 차례도 전투에 참여하지 않았다. 콧김을 뿜는 것만으로도 마수들을 몰살시킬 정도의 힘을 지녔음에도.

모든 것은 이 순간을 위해.

인간의 정점, S랭크 텔레포터는 자신의 힘을 해방했다.

팟!

찰나와 찰나 사이의 틈 속에서 아킬레스는 제3의 눈을 통해 세상을 바라보고 있었다.

수억 개의 중첩을 통해 이루어진 세계. 그곳에서 그는 어디든 갈 수 있으며 무엇이든 옮길 수 있었다.

퀀텀 리퍼는 그중 하나의 힘을 행사했다.

쾅! 콰광! 쾅!

순례자의 안구들이 순차적으로 터져 나갔다. 각막과 망막의 위치를 뒤집어 놓은 결과. 말 그대로 눈알을 까뒤집어버린 셈이었다.

푸화아악!

엄청난 양의 체액과 피가 분수처럼 뿜어져 나왔다. 흠칫 놀란 듯 황혼의 순례자가 고개를 저었다. 겉보기엔 상당한 타격을 준 듯싶었지만 아킬레스는 그리 만족한 표정이 아니었다.

"네놈이 고작 이 정도일 리가 없지."

치지지직.

상처로부터 거품이 일어나는가 싶더니 박살 난 안구가 빠른 속도로 재생되었다. 사실상 대미지를 받지 않았다는 뜻. 이러리라는 걸 예상했기에 아킬레스는 딱히 당황하지 않았다.

순례자의 눈들이 대부분 아킬레스에게로 집중됐다. 그러나 다음 순간 갖가지 방향으로 시선이 분산됐다.

쿠구구구.

아킬레스의 뒤쪽, 길드 연합의 병력이 능선을 타고 내려오는 중이었다.

뿌드득 이를 간 황혼의 순례자가 아킬레스의 후방을 향해 입을 쩍 벌렸다. 생체 이온 입자포, 통칭 '브레스'를 발포하려는 것이었다.

"어림없다."

아킬레스가 다시금 힘을 발휘했다. 순례자의 정면, 입 앞의 허공에 원형의 구멍이 생겨났다.

콰아아아아!

발사된 브레스가 구멍 안으로 빨려 들어갔다. 당연하게도 길드 연합군은 타격을 입지 않았다.

일종의 웜홀(Wormhole). 극한에 다다른 텔레포터만이 구축할 수 있는 특수 공간이었다.

발사된 브레스는 멀리 떨어진 바닷속을 헤집어 놓았다. 전장에는 아무런 영향도 미치지 못할 거리였다.

크르르르.

황혼의 순례자가 짐승 특유의 그르렁거리는 소리를 냈다. 거의 항공모함만 한 크기의 존재가 그르렁거리니 천둥소리가 울리는 듯했다.

수백 개의 눈알이 마침내 아킬레스 한 명에게로 쏠렸다.

"제대로 어그로를 끌었군."

아킬레스는 웃었다.

"나를 기억하나?"

순례자가 대답할 리 없었다. 그래도 아킬레스는 놈의 눈동자에 경악이 스쳤다고 느꼈다.

설령 착각에 불과하더라도 상관없었다. 놈이 나를 알아보았다고, 그렇게 생각하기로 했다. 그러지 않고서야 30년에 걸친 복수가 허망하기만 할 테니까.

"오늘만을 기다렸다!"

아킬레스가 일갈을 뱉었다. 타이밍 좋게 길드 연합의 공격이 거의 동시에 시작되었다.

"발사!"

시작은 역시 포격. 고지대에 자리 잡은 백업 팀이 동시 사격을 시작했다. 속사인 만큼 명중률이 조금 떨어지기야 할 테지만 상관없었다. 도저히 빗나갈 수 없을 만큼 타깃이 거대했으니까.

콰과과광!

빗발처럼 쏟아져 내린 포화 세례가 순례자의 등을 두들겼다. 미친 듯이 폭사되는 불길 사이로 파편들이 튀어 올랐다.

"효과가 있는 건가?"

"아니다."

밀리아의 혼잣말에 올리버가 대꾸했다.

"그저 몸에 달라붙은 이물질이 떨어져 나온 것에 불과하다. 놈 자체는 타격을 입지 않았어."

"그걸 어떻게 알아?"

"그러지 않고서야 살아 숨 쉬는 재앙이라 불리지도 않을 테니까."

쿵!

황혼의 순례자가 뒷발로 대지를 짓쳤다. 누가 봐도 돌격하려는 모양새. 단순하지만 가장 효과적인 방법을 택한 것이었다.

"놈이 온다!"

"피할 태세를……!"

"그럴 필요 없습니다!"

네이트가 공용 채널을 통해 메시지를 발신했다.

"아킬레스 님이 방어하실 겁니다. 여러분은 공격에만 집중해 주십시오."

안 그래도 당황하고 있던 길드장들의 얼굴에 불신이 피어났다.

저 거대한 괴물의 돌진을 대체 어떻게 막는단 말인가?

'이렇게!'

아킬레스는 다시 한번 웜홀을 만들었다. 이번엔 앞선 것의 수백 배는 됨직한 규모. 순례자의 몸이 고스란히 들어갈 정도의 크기였다.

쾅!

땅을 박찬 순례자가 돌진했다. 웜홀 안으로 들어간 순례자는 이윽고 반대 방향으로 튀어나왔다.

쿠구구구!

순례자는 뭔가 잘못됐음을 깨닫고서 속도를 늦췄다. 지켜보던 이 모두가 그 광경에 압도되었다.

"저 거대한 놈을……."

"웜홀 안으로 밀어 넣었다!"

이렇게나 강대한 사내가 우리와 같은 편이다. 가슴속 불안감이 차츰 희망으로 변하는 듯한 느낌. 이 광경을 지켜보는 모두의 공통된 심정이었다.

"휘유."

대검을 꺼내 든 밀리아가 가볍게 휘파람을 불었다.

"저 영감님 진짜 장난 아니네? S급 마수한테까지 능력이 충분히 먹힌다는 거잖아?"

"최강의 이능력자 중 한 사람이니까. 저 정도 해주지 않으면 곤란하지."

"근데 저럴 거면 그냥 엄청 높은 하늘 위에다 텔레포트시키는 것도 가능하지 않을까? 그대로 처박아버리면 재앙이고 뭐고 그냥 박살 날 것 같은데."

"아마 힘들 거야. 작용하는 능력의 크기는 거리에 반비례하는 법이니까. 지금도 사실상 방향만 비튼 거라 먹혔지, 조금이라도 먼 곳에다 웜홀을 열려고 했으면 실패했을걸."

"흐음."

밀리아가 눈을 가늘게 뜨고서 헨리에타를 돌아봤다.

"어째 네가 나보다 이능력에 대해 잘 아는 것 같단 말이야."

"네가 워낙 바보라서 그래."

"뭐야?"

"조용히. 이제 진격한다."

올리버의 한마디에 밀리아가 입을 다물었다. 뭐라 투덜거리고 싶었으나 그러기 전에 지휘관의 명령이 하달됐다.

"포메이션 전개!"

쿵쿵쿵쿵!

기존의 탱커들이 가장 먼저 짓쳐 나갔다. 이번만큼은 탱킹이 아닌 근접 대미지 딜링이 목적. 그래도 만약의 경우란 게 있는 법이기에 그들이 포위진의 최전방을 맡게 되었다.

"정신 똑바로 차려라. 한 방만 스쳐도 죽음이란 걸 명심하고."

"댁이나 잘하셔!"

올리버와 밀리아가 다른 탱커들과 뒤섞여 돌진했다. 서포터들이 그들에게로 갖가지 능력을 퍼부었다. 강화술에 의한 근력 강화, 변환술에 의한 냉병기의 강도 및 내구도 상승. 그 외에도 수많은 버프가 탱커들을 지원했다.

"좋아, 우리도 간다!"

"탱한테 밀릴 수야 없는 일이지!"

"죽여 버리자!"

근접 딜러들 또한 전진을 시작했다. 자연히 최후방에 위치하게 된 원거리 딜러들과 서포터들도 천천히 걸어 나가기 시작했다.

순례자와는 수 ㎞ 거리. 그런데도 놈의 풍기는 위압감에 압도되는 기분이었다.

“표적이 커서 좋기는 하네요.”

두 정의 미니건을 양손에 든 아티샤가 중얼거렸다. 농담조로 말하긴 했지만 긴장감을 미처 떨쳐 내지 못한 모양새였다.

‘내가 사돈 남 말 할 처지는 아니지.’

헨리에타는 시선을 내렸다. 소총을 쥔 오른손이 가늘게 떨렸다.

그녀는 적시운을 생각했다.

‘반드시 와줄 거야. 그렇지?’

[놈이 과연 영물은 영물이로군.]

고요한 어둠 속에 천마의 음성이 퍼졌다. 그러나 동굴 벽에 반사되어 메아리치지는 않았다. 애초의 그 음성은 적시운의 머릿속에서만 재생되는 것이었기에.

[자네도 느낄 테지? 놈이 자네에게서 시선을 거두었다는 것을.]

"……."

적시운은 눈을 떴다. 크라켄에게서 흡수한 코어의 에너지를 소화한 지도 한참이 지났다. 그 이후로도 지속적으로 명상과 운기조식을 번갈아 가며 힘을 비축해 두었다. 천마신공은 물론이고 이능력 또한 최고 수준. 극상의 컨디션이라 봐도 좋았다.

[남들만 재미 보게 할 수야 없는 일이지. 안 그런가?]

적시운은 대꾸하지 않았다. 그의 정신은 잘 벼려진 칼날과 마찬가지. 오직 하나의 목적을 향해서만 날을 세운 뒤였다.

놈을 죽인다. 놈을 죽이고 집으로 돌아간다.

[최적의 상태로군.]

천마의 한마디를 뒤로한 채, 적시운은 해저 동굴을 벗어났다.

8

"발사! 괴물 새끼에게 본때를 보여줘라!"

"벌집을 만들어버려! 개자식에게 누가 이곳의 주인인지 가르쳐 주는 거다!"

곳곳에서 포병 장교들의 거친 고함이 터져 나왔다. 용암처럼 가열된 포신들이 쉬지 않고 포탄을 쏘아냈다. 쿵쾅거리는 굉음에 협곡 전체가 부르르 떨렸다.

협곡 내부로 들어서는 3개의 입구. 그곳에 자리 잡은 백업팀은 분주히 지원 포격을 가하고 있었다.

대다수의 포탄은 순례자의 등허리 위로 쉼 없이 내리꽂혔다. 순례자의 체적이 크기 때문이기도 했지만 그들의 실력이 빼어난 측면 역시 컸다.

충격량 및 타격 정도가 데이터화되어 통신 위성으로 전송됐다. 이는 다시 분석을 통해 수치화되어 디스플레이에 표시되었다.

한마디로, 남아 있는 순례자의 HP를 알 수 있다는 의미.

그러나 네이트는 그 사실이 결코 반갑지 않았다.

"……."

보통의 대형 마수 사냥이라면 딜러들의 사기 진작을 위해서라도 HP 수치를 알려주게 마련이다. 그러나 지금은 도저히 그럴 수가 없었다. 사기가 오르기는커녕 떨어질 게 분명했기에.

"아무리 그래도 그렇지, 억 단위는 좀 너무하지 않나?"

헛웃음이 절로 나올 지경.

평균적인 81㎜ 박격포의 대미지가 1,000에서 2,000 사이로 표시되니, 대략 수만에서 수십만 발을 쏟아부어야 한다는 계산이 나왔다.

물론 이능력자를 비롯한 대미지 딜러들의 공격력은 이를 상회하긴 했다. 네이트로선 거기에 희망을 걸 따름이었다.

황혼의 순례자를 죽이는 방법은 두 가지. 하나는 코어를 파괴하는 것, 다른 하나는 재생력을 넘어서는 대량의 대미지를 입히는 것이었다.

그 재생력까지 포함된 수치가 순례자의 HP.

분명한 건 짧은 시간 내에 결판이 나지는 않으리란 사실이었다.

쿠구구구구구!

대량의 모래폭풍으로 인해 한 치 앞도 보이지 않는 상황. 근접 딜러와 탱커들이 처한 입장이 그러했다. 사냥이나 전투가 아닌 생존부터 생각해야 할 지경. 시야가 차단된 것은 기본이요, 흙과 자갈이 구멍이란 구멍으로 모두 치고 들어오는 것 같았다.

쾅!

황혼의 순례자가 발을 굴렀다. 지진과도 같은 충격파에 공대원들이 허우적거렸다. 그 와중에 넘어진 이들의 머리 위로 떨어져 내리는 거대한 앞발.

파팟.

밟힐 위기에 처해 있던 공대원들이 멀리 떨어진 장소로 이동되었다. 순례자의 앞발은 엉뚱한 자리만을 내리찍고 말았다.

"아……!"

고개를 들어 올린 공대원들의 시야에 아킬레스가 들어왔다. 그는 공중에 뜬 채로 전장의 상황을 조율하고 있었다.

텔레포터만이 할 수 있는 탱킹 방식. 방어력 위주의 탱킹이 아닌, 회피력을 극대화하는 것이었다.

공격이 들어갈 법한 위치의 공대원들은 다른 곳으로 옮긴다. 이따금 날아드는 투사체 또한 방향이나 위치를 변경시킨다.

전장의 모든 흐름을 파악하고 시시각각 개입할 능력이 뒷받침되지 않고서는 불가능한 일.

아킬레스가 해내고 있는 일은 그러한 것이었다.

"이러니저러니 해도 최강의 인류라는 거군."

올리버가 중얼거렸다. 그 또한 몇 차례 땅바닥을 구른 뒤. 옷가지와 방어 장비가 너덜너덜해져 있었다.

"근데 이게 먹히긴 하는 걸까?"

그의 옆에 선 밀리아가 중얼거렸다. 그녀 또한 진탕을 구른 행색. 땅에 꽂힌 대검을 지팡이처럼 의지하고 있었다.

"도저히 대미지를 입는 것 같지 않은데 말이야."

"먹히지 않으면 죽는다. 그러니 반드시 먹힌다고 생각할 수밖에."

"뚫려 있을지도 모르는 드럼통에 물 퍼 붓는 격이네."

"그래서, 관두기라도 하겠다는 건가?"

"누가 그런대?"

밀리아는 대검을 뽑아 들었다.

"해치울 거야, 망할 놈의 도마뱀."

"흠."

두 사람은 다른 근접 딜러들과 뒤섞여 순례자의 뒷다리를 공략해 들어갔다.

차창!

콰가가각!

아킬레스의 보호 능력을 확인한 근접 딜러들의 공격이 한층 과감해졌다. 눈치만 보다가 찔끔찔끔 때리던 것에서, 아예 말뚝을 박고 마구 후려치는 식으로.

그들의 머리 위로 각종 투사체와 탄환이 비행했다. 원거리 딜러들이 쏟아내는 공격이었다.

"이번에는 놈의 눈이다. 눈을 노려라!"

"S등급의 괴물이라도 눈알까지 강철은 아니다. 계속 파괴

시켜서 재생력을 소진시켜야 한다!"

리더들의 주도하에 원거리 딜러들은 한 지점으로 공격을 집중시켰다.

집중된 공세는 즉각적인 효과를 낳았다. 순례자의 노란빛 안구들이 석류 터지듯 톡톡 터져 나갔다. 물론 터져 나가는 것과 비슷한 속도로 재생되었지만 타격을 준다는 점만큼은 분명했다.

아직까지는 공격대 측이 일방적으로 몰아붙이는 형국. 간헐적인 순례자의 반격은 아킬레스에 의해 원천 차단되고 있었다.

하지만 아킬레스는 아직 기뻐할 수 없다는 걸 잘 알고 있었다. 30년 전에도 이와 비슷했었기에.

놈이 진정 두려운 이유는 일격에 모든 걸 쓸어버리는 강력한 기술을 지녔기 때문이 아니었다. 핵무기에 직격당해도 버틸 수 있을 것 같은 엄청난 맷집과 재생력. 한계를 알 수 없는 막대한 체력 때문이었다.

결국은 장기전이 될 수밖에 없는 싸움. 공격대 측은 한 번만 삐끗해도 심대한 타격을 입을 가능성이 컸다.

'나의 실수는 곧 모두의 죽음으로 이어진다.'

아킬레스가 받고 있는 부담감은 실로 어마어마했다. 쇠심줄처럼 무딘 신경을 지녔다 해도 버텨내기 어려울 압박이었다.

치지지직.

터진 안구로부터 쏟아진 체액이 대지에 닿았다. 기묘한 색채의 연기가 새어 나오는가 싶더니 체액이 슬라임처럼 뭉쳐 들었다.

이른바 페이즈 2의 시작.

황혼의 순례자가 다른 형태의 반격에 들어갔다.

촤아악!

바닥의 흙과 융합한 체액이 근접 딜러들을 향해 짓쳐 들었다. 성질을 보자면 슬라임과 다를 바 없는 부류. 그래도 순례자가 만들어낸 것임을 생각하면 마냥 무시할 순 없었다.

"타앗!"

초합금 갑주로 중무장한 버서커가 워해머를 풀 스윙으로 휘둘렀다. 거대한 해머 헤드는 어렵잖게 슬라임을 박살냈다.

치지지직!

엄청난 속도로 부식하는 해머 헤드. 그뿐 아니라 체액이 튄 갑주 또한 빠르게 녹아내렸다.

스르르륵.

산산이 흩어졌던 체액이 다시 뭉쳐 들었다. 일반적인 근접 공격으로는 상대할 수 없다는 뜻이나 다름없었다.

"이온 블라스터로 지져 버리면 되겠지!"

"놈에게서 떨어져! 그대로 태워 버릴 테니."

콰과과광!

원거리 딜러들이 화력을 퍼부었다. 슬라임도 이것까진 견뎌내지 못하고 증발하듯 소멸했다.

하지만 그로 인해 순례자에 대한 공세가 줄어들었다. 순례자는 그 틈을 노려 재차 돌진을 시도했다. 빠르다고는 할 수 없지만 너무 거대하다 보니 피하기가 어려웠다.

"쳇."

아킬레스는 혀를 찼다. 웜홀 구현은 기력 소모가 너무 컸다. 때문에 이번에는 순례자가 아닌, 놈이 돌진하는 방향에 자리 잡은 인원들을 텔레포트시켰다.

쿵쿵쿵쿵!

순례자는 개의치 않고 내달렸다. 애초부터 눈앞의 날파리들을 밟아 죽이는 게 목적이 아니었던 것이다.

황혼의 순례자는 분지를 둘러싼 절벽과 그대로 충돌했다.

콰과과과과!

지축을 뒤흔드는 굉음. 산사태에 비견될 규모의 토사가 쏟아지기 시작했다.

무너져 내린 토사는 공대원들을 향해 해일처럼 몰려들었다.

"큭!"

아킬레스는 급히 공대원들을 텔레포트시켰다. 그 위치는 협곡의 바깥. 백업 팀의 근처였다.

쿠구구구……!

협곡 전체가 파묻히다시피 했다. 공대원들은 무슨 표정을 지어야 할지 모르는 얼굴로 피어오르는 먼지구름을 바라봤다.

"도망친 건가?"

푸확!

그 말에 대답이라도 하듯 먼지구름 사이에서 무언가가 솟구쳤다. 폭발하는 기세로 치솟아 오른 그것은 놀랍게도 황혼의 순례자였다. 수억 톤의 거체가 수십 미터 높이로 뛰어오른 광경은 실로 무시무시했다.

"큭!"

"놈이 온다!"

쾅!

순례자가 땅에 착지했다. 말이 좋아 착지지, 허공으로부터 대지로 내리꽂히는 것이나 다름없었다.

지금까지와는 비교할 수도 없을 수준의 충격파가 사위를 휩쓸었다. 대지에 발을 딛고 있는 모든 것이 격하게 위아래로 요동쳤다.

또다시 솟구쳐 오르는 먼지구름. 그 사이로 푸른색의 불꽃이 넘실거렸다.

"크윽!"

아킬레스는 이를 악물었다.

30년 전에도 보았던 그것. 황혼의 순례자가 자신의 가장 강력한 공격을 펼치려 하고 있었다.

크로울링 드래곤의 고유 스킬, 이오나마이트 블라스터(Ionamite Blaster). 속칭 '드래곤 브레스'였다.

'놈의 목표는?'

아킬레스는 온몸의 신경을 곤두세웠다.

당연하게도 브레스의 공격 경로는 일직선. 타격 지점만 미리 알 수 있다면 회피하는 것 자체는 그리 어렵지 않았다.

문제는 순례자 또한 이를 알 거라는 사실. 놈의 지성이 인간 이상이라는 걸 감안한다면 결코 마음을 놓을 수가 없었다.

실제 시간으로는 그야말로 찰나. 하지만 체감상으로는 수십 분처럼 느껴졌다.

그 와중, 아킬레스는 놈이 마치 자신을 비웃는 것만 같다는 느낌을 받았다. 불꽃을 품은 놈의 아가리가 기묘한 곡선을 그리고 있었기에.

'설마?'

쾅!

순례자가 다시 한번 땅을 박차고 뛰어올랐다. 그 반동으로 인한 지진이 일대를 뒤흔들었다.

이제는 하늘 위에서 넘실거리는 푸른빛의 파멸!

아킬레스는 전력을 다해 텔레포트를 펼쳤다.

콰아아아!

파멸의 불길이 하늘에서 대지로 내리꽂혔다.

눈을 멀게 할 것 같은 섬광.

모든 것을 증발시킬 것만 같은 열기가 세상을 뒤덮었다.

누군가의 비극은 다른 누군가의 희극이 될 수 있다던가.

황혼의 순례자와의 일전은 여러 방송사에 의해 실시간으로 중계되고 있었다. 기존의 문명이 상당 부분 파괴된 세계에서 마수 사냥은 그 자체로 인기 콘텐츠일 수밖에 없었다. 이로부터 파생된 취재 경쟁도 상당한 수준.

하지만 지금 모니터를 채우고 있는 것은 오직 노이즈뿐이었다. 드래곤 브레스에 내재된 EMP로 인해 전자 장비가 모조리 마비된 까닭이었다.

"……."

화면을 노려보던 오스카리나가 입술을 깨물었다. 누군가는 재미를 느끼고 있을 테고, 누군가는 공포를 느끼고 있을지도 모른다. 하지만 초조함이란 감정에 국한한다면 그 누구도 그녀를 앞지를 순 없을 터였다.

이러니저러니 해도 황혼의 순례자는 실로 위협적인 존재였다. 이 전투의 결과를 통해 에메랄드 시타델의 운명은 천국과 지옥을 오가게 될 터였다.

"그러니 제발 어떻게 좀 해보란 말이야……!"

오스카리나가 애타는 목소리로 중얼거렸다. 그 애원의 대상은 아직 전투에 참여하지 않은 상태였다.

적시운이 행방불명되었으며 죽었을 가능성이 높다는 보고는 이미 며칠 전에 받았다. 하지만 그가 죽었으리라고는 한순간도 생각하지 않았다. 지금 이 순간에도, 적시운이 남겨놓은 에너지 덩어리가 가슴속에서 꿈틀거리고 있었기에.

"집으로 돌아가고 싶다며? 그러기 위해서라도 뭔가를 보여줘야 하잖아?"

홀로 내뱉는 중얼거림에 대답이 돌아올 리는 만무했다. 하지만 오스카리나는 적시운이 그 말에 대답했다고 느꼈다. 심장 안쪽에서 꿈틀대는 기운의 강약동이 조금 전부터 한층 강렬해졌던 까닭이다.

9

파파팟.

텔레포트된 공격대원들이 바닥에 착지했다. 갑작스러운 위치 변경에 반쯤 넋이 나간 상황. 그래도 베테랑들인지라 이내 냉정을 찾을 수 있었다.

황혼의 순례자와는 제법 떨어진 위치였다. 붕괴된 협곡은 브레스에 직격당해 화산처럼 폭발해 버렸고 아직까지도 그로 인한 열기가 주변을 휩쓸고 있었다.

"후우."

인원을 체크한 필립 프라이스가 안도의 한숨을 내뱉었다.

"공격대는 전원 무사합니다, 아킬레스 님."

지휘관용 채널을 통해 메시지를 보냈다. 이윽고 아킬레스의 답변이 돌아왔다. 비통함이 묻어나는 목소리였다.

"미안하게 되었소."

"예? 미안하다니요. 아킬레스 님 덕택에 우리 모두가 무사할 수 있었습니다."

"공대원들은 어찌어찌 빼낼 수 있었지만……."

말끝을 흐리는 아킬레스. 필립은 그 침묵이 의미하는 바를 금세 깨달았다.

백업 팀이 전멸했다. 브레스의 포화에서 미처 빼내지 못한 것이다.

파멸의 불길은 포격 부대를 비롯한 지원 부대를 모조리 불살랐다. 초고온으로 인해 병장기는 모조리 녹아내렸고 살아 있는 자는 하나의 예외도 없이 증발했다.

쿠구구구.

순례자는 입가로부터 시커먼 연기를 토해내고 있었다. 그제야 필립은 자신들이 철저히 오해하고 있었음을 깨달았다.

이것이야말로 S급 마수와의 전투. 인간 따위는 벌레로밖에 보이지 않을 괴물과의 싸움이었다.

'만반의 준비를 철저히 갖췄다고 자부했거늘.'

아니었다. 이것 이상의 준비와 각오를 갖췄어야 했다. 보다 많은 전력과 물자를 확보했어야 했다. 그래도 과연 이길 수 있었을지는 의문이지만.

"하지만 아직 끝난 게 아니오."

아킬레스의 음성. 필립의 생각을 꿰뚫어 보는 듯한 한마디였다.

필립은 손바닥을 들어 짝 소리가 나도록 뺨을 때렸다. 얼얼한 느낌과 함께 이성이 되돌아오는 기분이었다.

"예, 맞습니다. 전투는 이제 시작일 뿐이지요."

고오오오.

나직이 중얼거리는 필립의 머리 위로 길드 연합의 비행선단이 모습을 드러냈다. 백업 팀을 강하시킨 후 근처의 상공을 배회하고 있던 차. 지상의 지원 부대가 전멸한 이상 공격대의 백업은 전적으로 비행선단에 달려 있었다.

그것을 본 순례자가 고개를 저었다. 그저 본능적인 움직임에 불과한지도 모른다. 하지만 필립은 그렇지 않으리라 생각했다. 놈이 자신들을 업신여기고 비웃는 것이리라 생각했다.

쿠구구구.

후방, 좌측, 우측.

순례자의 위치를 제외한 세 방향에서 흙먼지가 피어났다.

"놈들이 온다……!"

마수들이었다.

블랙 라이트 해안 및 인접한 지역으로부터 몰려든 마수들이 공격대를 포위해 들어오고 있었다.

"당했군."

아킬레스는 이를 악물었다. 완벽하게 황혼의 순례자에게 농락당했음을 실감한 까닭이다.

놈이 협곡에 자리 잡은 것은 산란 때문이 아니었다. 인간들로 하여금 그렇게 착각하게 만든 것에 불과했다.

"우리를 함정으로 끌어들인 것이더냐……!"

순례자를 제외한 마수들이 코빼기도 비치지 않은 것 역시 이 때문.

처음부터 협곡으로 끌어들여 전력을 소모시킨 후, 개활지에서 포위하겠다는 전략을 세운 게 분명했다. 어쩌면 위치를 발각당한 것도 놈의 계획의 일부였는지도 모른다. 아니, 아마도 그럴 터였다.

"일부러 우리를 끌어들여서……!"

가지고 놀기 위하여.

꽉 주먹을 쥔 손아귀가 부르르 떨렸다. 표정 없는 드래곤의 아가리가 차디찬 냉소를 그리는 것만 같았다.

"황혼의 순례자!"

크로울링 드래곤, 기어 다니는 대재앙은 아킬레스를 거들떠도 보지 않았다. 수백 개의 눈알은 몰려드는 마수들을 향하고 있었다.

"제기랄!"

"원진을 펼친다! 탱커와 근딜들이 바깥으로, 서포터와 원딜은 안쪽으로!"

"절대로 원을 깨뜨려선 안 된다!"

3방향으로 포위된 공격대가 재빠르게 진형을 구축했다. 심장을 옥죄는 절망감을 애써 부정하며 사냥꾼들은 몰려드는 적을 맞을 준비를 했다.

"헨리에타!"

혼란스러운 와중에도 용케 그녀를 찾아낸 필립이 다가왔

다. 그는 손을 뻗어 어딘가를 가리켰다. 지평선 위로 피어나는 흙먼지의 위쪽. 보라색의 몸통을 지닌 대형 벌이 빠르게 날아오고 있었다. 킬러 호넷과 비슷하면서도 다른 개체. 포이즌 호넷이라 불리는 마수였다.

"놈들의 체액은 사린(Sarin) 가스로 이루어져 있다. 안쪽에서 터지기라도 하면 피해가 막심해질 거다."

"알겠어요."

헨리에타가 곧장 스코프에 눈을 가져다 댔다.

"발사할 때 신호를 줘. 내 능력으로 탄환에 버프를 걸겠다."

"그러지 않으셔도 될 거예요, 선배."

"특수탄인가?"

"그렇다고 해두죠."

나직이 대답하는 한편 탄환 안으로 내력을 주입했다. 외관상의 변화는 딱히 없었지만 헨리에타는 알 수 있었다. 그녀의 탄환이 포이즌 호넷을 꿰뚫으리라는 걸.

탕!

소란 속에서도 유달리 선명하게 들리는 총성. 공간을 자르듯 날아간 탄환이 포이즌 호넷에 적중, 내부로부터 놈의 몸뚱이를 갈가리 찢어놓았다.

한시름 놓은 필립이 안도의 한숨을 내쉬었다.

"저격 실력이 한층 올라간 것 같은걸. 마탄의 사수라고 불려도 손색이 없겠어.”

“그 호칭, 기억해 둘게요.”

더 잡담을 나누고 싶었지만 그럴 여유가 없었다. 포이즌 호넷은 여전히 적지 않은 수가 남아 있었고 무엇보다도 마수들이 지척까지 접근해 온 뒤였다.

“엉덩이에 힘 팍 주고 버텨!”

“너희가 넘어지는 순간 모두가 죽는다!”

“죽지 말고 죽여!”

콰과광!

포효와 외침 뒤로 이어지는 충돌. 초인과 마수들이 한 치의 양보도 없이 격돌했다.

“뒈져!”

밀리아는 돌진력을 그대로 살려 대검을 찔러 넣었다. 묵직한 칼날은 그리즐리 뮤턴트(Grizzly Mutant)의 복부에 콱 하고 틀어박혔다.

“끄응!”

그대로 양단해 버리고 싶었지만 칼날은 요지부동이었다.

크워어!

방사능의 영향을 받아 초월적으로 강화된 불곰, 그리즐리 뮤턴트가 앞발을 휘둘렀다.

“큭!”

가까스로 회피한 순간 귓불이 화끈했다. 왼손을 들어 만져 보니 귓바퀴의 일부가 떨어져 나가 있었다.

이어지는 것은 그리즐리 뮤턴트의 쩍 벌어진 입. 놈은 그대로 밀리아를 깨물려는 듯 머리를 들이밀었다.

"큭!"

일촉즉발의 순간, 밀리아의 아랫배에서 뜨거운 무언가가 솟구쳤다.

'앗?'

처음엔 오줌이라도 지린 건가 싶었다. 솟구치는 기운이 뜨거운 물줄기와 비슷한 느낌이었던 것이다. 하지만 그게 아님을 이내 깨달았다. 어쨌든 오줌 줄기가 혈관을 타고 몸 곳곳으로 퍼질 리는 없었으니.

근섬유 사이사이로 스며드는 힘. 바위에 꽂힌 것처럼 꿈쩍을 않던 대검이 더 깊게 파고드는 게 느껴졌다.

"하압!"

기합성과 함께 냅다 휘둘렀다. 그리즐리 뮤턴트의 몸이 그대로 양단되었다. 그녀를 노리던 머리가 움찔하더니 정지했다. 검을 뽑아낸 밀리아가 한 바퀴 회전하며 놈의 목을 쳐냈다.

"좋아. 이 정도면 할 만해!"

자신감이 붙은 밀리아가 다른 탱커와 대치 중인 마수의 등허리를 후려쳤다. 강렬한 검격에 마수의 허리가 그대로 터져 나갔다.

"고마워요, 시운 님!"

공격대는 마수들의 기습을 잘 버텨내고 있었다. 예상외의 선전이라 해도 과언이 아닐 터였다.

하나 그래 봐야 어디까지나 소모전일 뿐. 우두머리인 황혼의 순례자를 잡지 못하는 한은 무의미한 싸움에 불과했다.

순례자는 잠시 상황의 추이를 지켜보고 있었다. 아킬레스 또한 놈의 행동에 대처하기 위해 온 정신을 쏟는 중이었다.

기묘한 대치가 이어졌다. 양측의 최강 전력이 눈치만 보고 있는 상황.

물론 눈치를 보는 것은 아킬레스뿐이긴 했다.

"순례자를 직접 포격하겠습니다."

통신기를 통해 들려오는 목소리. 네이트였다.

"각 함선의 주포를 총동원하면 포격 부대 이상의 화력이 나올 겁니다."

"……알겠네. 방어는 내게 맡기게."

공격대는 일단 내버려 두기로 했다. 아킬레스가 지원하지 않더라도 마수들을 상대하기엔 무리가 없을 터였기에.

철저하게 순례자만을 상대한다.

아킬레스는 그렇게 각오를 다졌다.

'설령 모두가 죽는 한이 있더라도!'

파파파팡!

각 함선이 포격을 시작했다. 고성능의 이온 블라스터가 순례자의 등허리를 두들겼다.

황혼의 순례자는 짜증이 난 듯 몸을 곧추세웠다. 브레스라도 쏘려는 듯 살짝 벌어진 입속에서 푸른 불길이 넘실거렸다.

"산개!"

비행선들이 황급히 흩어졌다. 그것을 보자마자 순례자가 멈추었다. 브레스를 쏴봐야 한두 척을 격침시키는 게 고작이리라 판단한 것이다.

우우우웅!

그 대신 택한 것이 비행형 마수들. 호넷 계열의 대형 벌들과 와이번, 그리폰 같은 마수들이 함선들을 향해 솟구쳤다.

"어림없다."

함선들은 보호막을 펴는 한편 요격용 개틀링과 미사일로 맞섰다. 상공에서도 지상과 같은 치열한 공방이 전개됐다. 상황의 불리함을 감안한다면 놀라울 정도의 선전이었다.

'하지만…….'

뭔가가 더 있다.

아킬레스는 그런 생각을 떨칠 수가 없었다.

순례자가 다시 움직이기 시작했다. 비어 있는 포위망의 한 축. 공격대의 후방을 향해 돌진한 것이다.

가장 좋은 것은 역시 웜홀 전개. 그러나 이미 많은 기력을 소모한 뒤였다.

더 이상 기운을 낭비한다는 건 결코 좋지 않았다. 할 수 없이 아킬레스는 공격대 전원을 텔레포트시켰다. 매스 텔레포트 또한 기력 소모가 상당하긴 했으나, 그래도 웜홀에 비할 바는 아니었다.

순례자는 그것을 보자마자 미련 없이 멈췄다. 몇몇 운 더러운 마수가 짓밟히긴 했으나 전체에 비하면 극히 일부에 불과했다.

마수들은 굶주린 개떼처럼 공격대에게 쇄도했다.

"크앗!"

"아아악!"

공대원 몇몇이 공격당해 쓰러졌다. 평소라면 어렵잖게 방어하거나 회피했겠지만 텔레포트로 인해 집중력이 흐트러졌다는 게 문제였다.

다행히 힐러 및 지원가들이 재빨리 대처했다. 진형 또한 무너지지 않았다.

'하지만 이게 반복된다면……!'

탱커들이 더는 버티지 못할 순간이 올 터. 황혼의 순례자 또한 그것을 노리는 것이 분명했다.

'내가 놈을 견제하는 수밖에 없다.'

아킬레스는 결국 수비를 풀고 공세로 전환했다. 지금만큼은 공격이 최선의 방어였기에 어쩔 수 없는 선택이었다.

"헤집어주마."

아킬레스는 순례자의 내부를 향해 텔레포트를 펼쳤다. 상위 마수 특유의 이능력 저항으로 인해 심대한 타격을 줄 순 없었지만, 놈의 내장 기관 중 일부를 비트는 데엔 성공했다.

크워어어!

순례자가 포효했다. 고통보다는 짜증이 가득 담긴 외침. 그와 동시에 순례자가 다시금 입을 벌렸다. 이번에는 초록색의 빛이 순례자의 이빨 사이로 번뜩였다.

'가스!'

방사능이 섞여 있는 신경가스. 인간에겐 독으로, 마수들에겐 약으로 작용하는 특수한 기체였다.

푸화아악!

대량의 가스가 살포됐다. 아킬레스는 이번에도 어쩔 수 없이 공격대를 피신시켰다. 하지만 가스 세례를 받은 마수들이 강화되는 것까진 어쩌지 못했다.

크아아아아!

캬아아악!

마수들이 미친 듯 발광하기 시작했다. 대충 봐도 골격과 근육이 증대되는 게 느껴졌다.

방사능의 세례를 입은 마수들이 공격대를 향해 돌격했다. 전황이 급격히 기우는 순간. 아킬레스는 눈앞이 캄캄해지는 기분이었다.

'자칫하면 전멸을 면하지 못한다!'

같은 시각.

적시운이 전장에 도착했다.

황혼의 순례자는 동시에 두 개의 숨바꼭질을 해왔다. 하나는 길드 연합과의, 다른 하나는 적시운과의 숨바꼭질을.

크라켄에 의해 바닷속으로 끌려 들어갔지만, 순례자는 적시운이 죽었으리라 생각하지 않았다. 그래서 지속적으로 적시운을 찾아내고자 주의를 기울여 왔다.

하지만 전투에 들어서면서 상황이 변했다. 아킬레스와 길드 연합은 생각보다도 강했고 순례자로서도 정신을 딴 데 팔

여유가 사라졌다.

적시운 또한 이를 감지했다. 논리적으로 설명할 수 없는, 무인으로서의 육감이라고밖에 표현하지 못할 일이었다.

"……."

전장을 찾아내는 건 어렵지 않았다. 기감이나 염동력을 쓸 것도 없었다. 전장에서 연신 터져 나오는 뇌성이 해안 전역을 뒤덮고 있었으니까.

기척을 최대한 죽인 채 가능한 신속하게 전장에 도착했다. 아킬레스와 길드 연합이 악전고투하고 있는 와중이었다.

[등 껍데기 없는 현무로군. 몸뚱이는 훨씬 크지만.]

천마가 미묘한 감탄사를 토했다.

[하도 큼직해서 두들겨 패기엔 좋겠어. 아무 데로나 공격을 질러도 빗나가진 않을 테니.]

"그렇긴 하네."

[자네, 긴장했나?]

적시운은 전방을 응시했다. 마침내 목도하게 된 S급 마수. 살아 숨 쉬는 대재앙으로까지 불리는 괴물. 한국 정부 소속 사이킥이던 시절에도 만나본 적 없는 거물이었다.

A급 마수하고만 마주쳐도 죽음부터 각오해야 했던 시절. S랭크는 아득한 전설로만 취급되었다. 한데 이제는 그런 괴물을 해치워야 하는 입장. 우습지만 감회가 새로운 느낌이

었다.

[계속 감상에 젖어 있을 생각은 아니겠지?]

"물론."

적시운은 순례자와 공격대 측을 번갈아 보았다. 아킬레스가 전력을 다해 순례자를 묶어두는 중. 하지만 강화된 마수들의 포위 공세로 인해 공격대는 여전히 위기에 빠져 있었다.

우선은 무엇부터 해야 할 것인가.

"우선은 무기부터 찾아야겠지?"

전기톱은 크라켄에게 끌려가는 동안 소실했다. 권장지각과 박투만으로 싸우는 데엔 아무래도 한계가 있었다. 공격대의 누군가는 쓸 만한 병기를 지니고 있을 터였다.

팟!

마음을 정하자마자 땅을 박찼다. 시우보를 펼쳐 마수들의 후방으로 쇄도했다.

"크아악!"

"제기랄! 어떻게든 내가 막을 테니 물러나!"

"피해요!"

전장은 엉망진창. 절망과 혼돈의 도가니였다.

탱커와 딜러, 서포터 모두가 고군분투하고 있었으나 강화된 마수들의 힘 앞에 서서히 짓밟히고 있었다.

으적!

"커헉!"

밀리아가 족히 한 됫박은 되는 핏덩이를 토했다. 옆구리에 틀어박힌 집게발. 부러진 갈빗대가 폐를 압박해 핏물을 치올린 것이다.

"젠장……!"

이어질 공격에 대비하고 싶었지만 힘이 들어가질 않았다. 체력은 물론이요, 내공 또한 바닥난 까닭이었다.

"아아악!"

"커헉!"

곳곳에서 터져 나오는 비명. 탱커 진영이 급속도로 붕괴하고 있었다. 일주일간 지속적으로 누적된 피로도가 마침내 임계점을 넘어가는 순간이었다.

"밀리아!"

헨리에타가 급히 소총을 갈겼다. 그러나 밀리아를 넘어뜨린 플라티나 크랩의 갑각을 뚫지 못하고 튕겨 나갔다. 그녀 또한 내공이 바닥난 것이었다.

밀리아의 머리 위로 그림자가 드리웠다. 희번덕거리는 게 눈깔에 그녀의 얼굴이 비쳤다.

퍼엉!

역하고 끈적거리는 체액이 밀리아의 얼굴을 덮쳤다. 움

찔 놀란 그녀는 이내 그것이 플라티나 크랩의 뇌수임을 깨달았다.

"아……!"

콰과과과!

폭풍우가 몰아쳤다. 전후좌우로 몰아치는 권풍이 마수들의 급소를 향해 쇄도했다. 탱커들을 끝장내려던 마수들이 너나 할 것 없이 터져 나갔다.

밀리아는 눈물이 핑 돌았다.

"시운 님!"

"오냐."

푸확!

그리즐리 뮤턴트의 머리통이 터져 나갔다. 붉게 물든 주먹이 그 뒤에 있었다. 상황과 동떨어진 듯한 시큰둥한 얼굴 또한.

"딱히 노린 것은 아닌데, 어째 극적인 등장이 되어버렸는걸."

적시운은 왼팔을 휘둘렀다. 보이지 않는 힘이 손끝을 타고 허공에 흩뿌려졌다.

우우웅!

싱글 A랭크의 염동력. 무형의 장막이 짓쳐들려는 마수들을 가로막았다.

"얼마 못 막는다. 얼른 회복시켜."

서포터들을 향한 말이었다. 눈치 빠른 힐러들이 헐레벌떡 뛰어와 탱커들을 치료했다.

"왜 이렇게 늦은 거야?"

황급히 다가온 헨리에타가 책망하듯 물었다. 그녀 또한 눈가가 촉촉이 젖어 있었다.

"별일 없었던 거지?"

"보다시피. 자세한 건 나중에 얘기해."

"으응, 알았어."

"무기로 쓸 만한 것 좀 없을까?"

"보아하니 총 얘기는 아닌 것 같네."

"이걸 쓰세요!"

밀리아가 대검을 내밀었다. 군데군데 날이 빠진 것만 제외하면 멀쩡한 모습. 천마검기가 있으니 날 빠진 것도 별문제는 되지 않았다.

"그러지 뭐."

적시운은 대검을 받아 들었다. 거의 비슷한 타이밍에 염동력 장막이 깨져 나갔다.

크아악!

케에에엑!

장막을 부수고서 밀물처럼 쇄도하는 마수들. 그쪽으로 방향을 돌린 적시운이 크게 진각을 밟았다.

천마검 참식(斬式) 일월섬(一月閃).

번뜩이는 빛의 뒤로 상체와 하체가 양단된 마수들이 나뒹굴었다. 검격을 피한 것은 몸체가 낮은 시사이드 스콜피온 정도였다.

한 방향의 마수가 삽시간에 궤멸되었다. 적시운에 대해 잘 모르는 이들은 물론, 익히 알고 있는 사람들 또한 입을 쩍 벌린 채 경악했다.

"이, 이건 대체……?"

"이럴 수가!"

곳곳에서 터져 나오는 경악성.

"좋아하는 건지 싫어하는 건지 모르겠구만."

투덜대듯 중얼거리면서도 적시운은 검격을 멈추지 않았다.

다소 힘을 소모하더라도 공격대의 전력을 보존시킬 필요가 있었다.

일월섬처럼 규모가 큰 초식은 더 쓰지 않았다. 자칫하면 아군까지 베어버릴 염려가 있었던 것이다.

결국 정답은 육박전.

내공을 아끼는 동시에 워밍업을 겸하는 선택이었다.

"우리도 간다!"

“그대로 밀어붙여!”

회복된 탱커 및 딜러들이 공세로 돌아섰다. 한 차례 강화된 마수들이었지만 이미 예기가 꺾인지라 공격대의 반격을 버텨내질 못했다.

삽시간에 붕괴하는 전열. 마수들이 밀리기 시작했다. 순례자 또한 그 사실을 알아챘다. 그리고 ‘놈’이 나타났다는 사실에 분노했다.

크워어어!

포효를 토하는 황혼의 순례자. 그러나 마음먹은 대로 공격에 들어가진 못했다. 주변을 날아다니며 말벌처럼 공세를 펼치는 아킬레스 때문이었다.

“가게 둘 것 같으냐.”

아킬레스가 연신 텔레포트를 펼쳤다. 자기 자신을 순간 이동시켜 순례자의 시야를 교란하는 동시에 놈의 체내를 뒤죽박죽으로 만듦으로써 타격을 가했다.

치명적이진 않으나 거슬리기엔 충분한 견제. 분노한 순례자가 몸부림을 치며 체액을 쏟아냈다.

치이이익!

예의 슬라임들이 대지에서 솟아나서는 공격대 쪽으로 쇄도했다.

적시운은 전열에서 이탈했다. 이미 공격대가 우세를 점한 상황. 내버려 둬도 뒤집힐 일은 없었다.

"같이 가겠소!"

필립이 따라붙었다. 적시운은 그를 힐끔 돌아봤다.

"댁 능력은?"

"변환술사, 컨버터요."

대답과 함께 필립이 손을 뻗었다. 두 사람의 전방에 있던 슬라임들이 돌연 부글거리며 끓더니 물풍선처럼 터져 나갔다. 체액의 화학 성분을 변형시켜 형태를 유지할 수 없게 만든 것이다.

"제법인데."

적시운의 칭찬에 필립은 쓴웃음을 지었다. 대형 길드의 제1공격대장이자 A랭크 변환술사인 그가 애송이 취급을 당하는 날이 다 오는구나 싶었다. 그래도 불만스럽진 않았다. 그럴 만한 자격을 갖춘 자의 말이었으니.

"놈을 어떻게 공략하실 생각이오?"

"보아하니 우직하게 두들겨 봐야 금방 재생하는 것 같고……."

적시운은 시선을 올렸다. 아킬레스를 붙잡기 위해 연신 머리를 휘두르는 순례자가 보였다.

"정답은 역시 코어를 파괴하는 거겠지."

말로는 간단하다, 말로는.

문제는 결국 그걸 어떻게 실현하느냐는 것.

대부분의 아포칼립틱 코어는 마수의 심장 부근에 존재한다. 순례자 또한 그러할 터. 다시 말해 코어를 부수려면 수십 m에 달하는 살붙이를 뚫고 들어가야 한다는 뜻이었다.

"늦었구먼."

아킬레스가 갑작스레 옆에서 나타났다. 적시운도 필립도 딱히 놀라지는 않았다.

"길을 좀 헤맸습니다."

"두 번 헤맸다간 정말 큰일 나겠군."

"돌아가서 더 헤매다 올까요?"

"늙은이 심장 마비로 죽는 꼴 보고 싶나?"

피식 웃은 아킬레스의 표정이 진지해졌다.

"농담조로 말하긴 했네만 정말 자네를 꼭 안아주고라도 싶을 지경일세."

"원래 계획은 뭐였습니까?"

"내가 탱킹을 맡는 동안 공격대의 집중 공격으로 숨통을 끊는 거였지."

"너무 안일한 전략 같은데요."

"그렇지만도 않네. 공격대는 잘 싸워주었어. 30년 전이었다면 이 방식으로도 놈을 쓰러뜨릴 수 있었을 걸세."

"한데 지금은 다르다는 겁니까?"

"성장한 것은 우리만이 아니었어. 놈 또한 30년에 이르는 경험치를 축적했네. 그 사실을 간과한 게 내 패착일세."

아킬레스는 뿌득 이를 갈았다.

"놈은 30년 전보다도 더 교활해졌으며…… 더 강력해졌네."

"……."

"엘리트 레벨의 S랭크 마수인 황혼의 순례자는 더 이상 존재하지 않네. 우리 눈앞에 있는 저건, 에픽 레벨 S랭크 마수, 황혼의 순례자일세."

필립은 마른침을 꿀꺽 삼켰다. 일반 S랭크만 되어도 눈앞이 까마득한데, 엘리트를 넘어 에픽 레벨이라니. 홀로 놈을 묶어두었던 아킬레스가 새삼 대단하게 느껴졌다.

적시운 또한 심각한 표정으로 순례자를 올려다봤다. 아킬레스는 대화를 이어가면서도 순례자를 향한 공격을 유지하는 중이었고, 순례자는 그저 묵묵히 버티고 있었다.

"느긋하기까지 한 놈의 태도가 보이는가? 장기전으로 가면 내가 먼저 지쳐 쓰러지리란 걸 알고 있는 걸세. 그렇기에 저렇게 느긋하게 타격을 감내하고 있는 거야."

"물러나는 게 좋다고 생각하십니까?"

"놈이 보내주지 않을 걸세. 여기서 끝장을 봐야 한다는 것을 누구보다도 잘 알고 있을 테니."

"영감님 혼자만이라면 충분히 달아날 수 있을 텐데요."

"달아나느니 여기서 뼈를 묻을 것이네."

아킬레스의 두 눈에서 살기가 이글거렸다. 적시운 또한 여기서 물러날 생각 따윈 없었다. 자칫 놈이 산란을 포기하고 바다로 달아나기라도 한다면 다시는 잡지 못할 것이었다.

"의지가 그렇게 확고하다면, 한 가지 제안할 게 있습니다."

"말하게. 듣고 있으니."

"대단한 전략 같은 건 아닙니다. 그냥 지금처럼 계속해서 놈의 주의를 끌어주십쇼."

신산귀모의 책략 같은 게 번쩍 떠오를 리 없었다.

전투의 행방을 좌우하는 것은 결국 힘. 순례자의 방어력을 뛰어넘는 공격력으로 뚫고 들어가는 수밖에 없었다.

"타이밍을 보다가 적당히 합세하십시오. 어느 순간에 가세해야 할지는 어렵잖게 알 수 있을 겁니다."

"잘 알겠네."

아킬레스가 텔레포트로 사라졌다. 이제 적시운과 필립은 순례자의 사정권에 들어선 뒤였다.

고오오오.

적시운을 본 순례자가 앞발을 들어 올렸다. 거대한 먹구름이 머리 위로 드리우는 것만 같았다.

"하지만 느려."

적시운은 한층 가속하여 튀어 나갔다. 그리고 순례자의 머리를 향해 뛰어올랐다.

11

화르르륵!

시커먼 불길이 검신을 타고 솟구쳤다. 천마검기를 잔뜩 머금은 대검이 적시운의 손아귀 위에서 이글거렸다.

아킬레스에게 정신이 팔려 있던 순례자가 그것을 보았다. 수백 개의 망막 위로 수백 개의 검은 불길이 맺혔다.

팡!

허공을 박찬 적시운이 그대로 머리를 향해 날아들었다. 동시에 천근추의 묘리를 발휘, 최대한의 중량을 몸과 검에 실었다. 그리고 아래를 향해 휘둘렀다.

쩌억!

내리꽂히는 검은빛 뇌전. 천마검기를 머금은 칼날이 순례자의 두개골을 쪼개고 들어갔다.

퍼퍼퍼펑!

충격파로 인해 순례자의 안구들이 모조리 터져 나갔다. 두개골 사이로 파고든 검기가 내부를 헤집어 놓았다. 순례자의 귓구멍과 콧구멍에서 뇌수 섞인 핏물이 콸콸 흘러나왔다.

"단 일격에!"

필립이 경악성을 내뱉었다. 가장 가까이 있던 그였던 만큼 순례자가 받은 대미지가 보통이 아니라는 걸 직감할 수 있었다.

흔들.

순례자의 거체가 비틀거렸다. 하기야 뇌가 진탕이 되었으니 균형 감각을 상실할 만도 했다. 그러나 정작 검을 박아 넣은 적시운은 만족하지 못했다.

'얕다.'

두개골을 쪼개고 들어간 것까진 좋았지만 그게 전부.

칼날은 뼈 사이에 맞물린 채 내부로 더 파고들지 못했다. 폭사된 검기가 대뇌를 헤집어 놓았다지만, 충분한 대미지를 입혔는지는 의문이었다.

'게다가…….'

취이이익.

갈라진 상처 위로 탁한 빛의 거품이 부글거렸다. 대뇌는 물론 두개골이 재생되는 것이 생생히 느껴졌다.

"칫."

적시운은 재빨리 대검을 뽑아냈다. 조금만 주저했어도 콘크리트처럼 굳어버려 뽑아내기 어려워졌을 터였다.

크워어!

순례자가 반격에 들어갔다. 쩍 벌어진 아가리가 적시운을 깨물고자 쇄도했다.

적시운은 곧장 허공을 차내 회피하는 동시에 재차 검격을 떨쳤다.

차창!

순례자의 비늘 위로 불꽃이 튀었다. 작정하고 휘두른 게 아닌지라 비늘을 가르고 들어가진 못했다. 오히려 대검이 날이 후두둑 떨어져 나갔다.

“내 쪽으로 오시오!”

필립이 소리쳤다. 적시운은 곧장 그에게로 날아갔다.

순례자가 짓밟으려 하자 아킬레스가 두 사람을 텔레포트시켰다.

필립은 적시운의 대검을 움켜쥐었다. 이윽고 닳아빠진 칼날이 새것처럼 수복되었다. 컨버터 특유의 변환 능력을 응용한 것이었다.

“예기와 강도, 경도 모두를 향상시켰소. 별 차이가 있을지는 모르겠소만.”

“제법인데, 대장장이 양반.”

“훗, 나더러 그렇게 말할 수 있는 것도 당신뿐일 거요.”

“좋게 생각하셔. 흔히 할 수 있는 경험은 아니잖아, 길드장 양반.”

“나는 길드장이 아니오. 제1공격대의 대장일 뿐.”

"뭐가 됐든."

쓴웃음을 지은 필립이 팔찌 하나를 내밀었다.

"보호용 아티팩트요. 한두 번의 공격쯤은 방어할 수 있을 거요."

"꽤나 비싸 보이는데, 잘 쓰지."

팔찌를 챙긴 적시운이 재차 뛰쳐 올랐다. 하지만 이번엔 순례자 또한 멍하니 당하지만은 않았다.

쿠구구구.

순례자의 입속에서 가스가 이글거렸다. 이번에는 피처럼 붉은 빛깔이었다.

푸확!

순례자가 가스를 분사했다. 가스는 삽시간에 퍼져 나가 주변을 잠식했다.

"큭!"

필립이 황급히 물러났다. 적시운은 염동력으로 배리어를 쳤고 아킬레스는 가스의 범위 바깥으로 피신했다.

치지지직.

안 그래도 석유 범벅이 되어 썩어 있던 대지가 한층 빠른 속도로 부패해 들어갔다. 순례자의 걸음을 따라 죽음의 늪이 만들어졌다.

쉬익. 쉬익.

한 번 내뿜고 말았던 종전과는 달리, 황혼의 순례자는 계속하여 붉은 가스를 뿜어냈다. 염동력으로 이루어진 배리어가 부식되기 시작했다. 아무래도 이능력에까지 영향을 미치는 가스인 듯했다.

순례자가 땅을 박찼다.

쿵쿵쿵쿵!

몸집을 감안한다면 상당한 속도의 질주.

공격대를 노리려는 건가 싶었으나 그게 아니었다. 순례자는 모든 것을 무시하고서 내달리기 시작했다. 남동쪽을 향하여.

"바다로 가려는 걸세! 자신에게 유리한 전장으로 도망치려는 것이야!"

상상할 수 있는 최악의 상황이었다. 환경의 유불리는 둘째치고, 놈이 바다에 들어선다면 언제라도 달아날 가능성이 농후해질 터였다.

애초에 크로울링 드래곤은 해양 마수. 육지는 놈의 홈그라운드가 아니었다. 대량의 육지 마수를 이용할 수 있기에 이곳을 전장으로 택했던 것뿐.

하지만 그 마수들은 사실상 전멸했다. 최소한 지금 당장 불러들일 수 있는 마수는 다 떨어졌다고 봐도 좋았다.

그 상태로 적시운과 아킬레스, 그리고 공격대를 상대할 순

없다. 그 사실을 인지하자마자 순례자는 미련 없이 도주를 택했다.

공포가 아닌 이성적 판단에 의거한 퇴각. 놀랍도록 냉정한 판단이었다. 그렇다 보니 승리감이 아니라 공포가 느껴질 지경이었다.

"쳇!"

적시운은 가스 안으로 파고들었다. 몇 초를 버티지 못하고 염동력 배리어가 깨져 나갔다. 기다렸다는 듯 핏빛 가스가 폐부로 파고들었다.

"큭!"

적시운이 피 섞인 기침을 토했다. 천룡혈독공이라 해도 모든 독소에 면역일 순 없었다. 하물며 그것이 처음 접하는 물질이라면.

적시운은 황급히 가스 구름을 빠져나갔다. 순례자는 공격대를 지나쳐 그대로 내달렸다.

냉정을 잃은 듯한 돌진. 그러나 천마는 적시운을 나무라지 않았다. 적시운은 천천히 심호흡을 했다. 체내의 독소를 바깥으로 몰아내는 대신 몸 내부로 끌어들였다.

천룡혈독공의 기운이 독소와 융화됐다. 이윽고 항원에 대한 면역력을 지닌 항체가 생성되었다. 더 이상 같은 가스에 타격을 입지는 않을 터.

적시운은 가스에 대한 면역성을 획득했다.

[만독불침이라 하기엔 아직 모자라지만 말이지. 그러니까 자만하지 말고 앞으로도 정진을…….]

"조용히 좀 하시지, 집중해야 하니까."

[흠흠.]

우선은 남아 있는 마수들부터 처리할 필요가 있었다.

다행히 그런 생각을 한 사람이 적시운 혼자만은 아니었다.

팟!

아킬레스가 공격대 한가운데에 모습을 드러냈다.

이제 마수들을 얼마 남지 않은 상황. 승리는 확정적이었으나 공격대 역시 상당히 지쳐 있었다.

"잠시나마 숨들 돌리시구려. 설거지는 내가 맡으리다."

"아킬레스 님……?"

아킬레스가 눈을 감았다. 이능력자 특유의 초감각 공간이 머릿속에 펼쳐졌다.

우선은 활동 중인 개체들을 캐치한다. 그중 인간들을 골라내어 제외시킨다. 그 이후에 남게 되는 마수들 사이사이로 보이지 않는 끈을 휘감는다.

'그리고 한데 뒤섞는다!'

팔이 있어야 할 곳에 다리가, 심장이 있어야 할 곳에 갈비뼈가, 눈알이 있어야 할 곳에 췌장이.

무작위 텔레포트가 이루어졌다.

푸화하학!

그로테스크한 그림에서나 등장할 모습. 기괴하게 뒤틀리고 뜯겨 나간 마수들이 체액을 쏟아냈다. 목숨은 텔레포트가 이루어지는 순간에 이미 사라진 뒤였다.

이것이 S랭크의 힘.

공대원들은 마른침을 삼켰다. 더불어 홀로 순례자를 견제한다는 게 얼마나 대단한 일이었는지를 실감했다.

다만 마냥 기쁘지만은 않았다. 다시 말해 이런 초월적인 강자조차 순례자를 묶어두는 게 고작이었다는 뜻이니.

남은 마수들을 전멸시킨 아킬레스가 숨을 돌렸다. 그의 몸 역시 땀으로 범벅이 되어 있었다. 그 또한 분명한 한계를 지닌 인간. 이미 상당량의 기력을 소모한 상태였다. 물론 그렇다고 주저앉을 수야 없었지만.

"네이트, 그쪽 상황은 어떤가?"

–순례자를 뒤쫓고 있습니다.

비행형 마수들을 몰아낸 비행 선단이 순례자의 머리 위로 비행 중이었다.

–말씀만 하시면 언제든 폭격을 퍼부을 수 있습니다.

"지금 하게. 놈의 움직임을 조금이라도 늦춰야 하네."

–알겠습니다.

폭격이 시작됐다. 떨어져 내린 각종 포탄이 순례자의 몸 위에서 불길로 화했다.

콰광! 콰과과광!

연신 터져 나오는 폭염. 공격대가 있는 위치에서도 충분히 확인할 수 있는 수준이었다.

그곳을 응시하던 아킬레스가 주위를 돌아봤다.

"부상이 심각하거나 더 싸우지 못하겠다는 분은 말씀해 주시오. 매스 텔레포트에서 제외해 드리겠소."

말을 꺼내는 이는 없었다. 빙긋 웃은 아킬레스가 곧바로 텔레포트를 펼쳤다. 그 위치는 데이브레이크의 기함인 오디세우스의 외부 갑판. 이럴 때를 위해 마련해 둔 곳인 만큼 공격대 전원을 태우고도 남을 만큼 널찍했다.

"그런데 시운 님은……?"

주변을 두리번거리던 밀리아가 중얼거렸다. 함께 주위를 살피던 헨리에타가 아킬레스에게 다가갔다.

"혹시 그가 어디 있는지 아시나요?"

"적시운 그 친구는……."

잠시 상황을 살핀 아킬레스가 표정을 굳혔다.

"아직 저 아래에 있군."

대체로 팀플레이란 상호 보완을 전제로 한다. 서로가 서로의 약점을 메워주고, 1과 1의 힘을 합쳐 2의 성과를 만들어내는 것.

모두가 협동하여 조화를 이루는 이상적인 전술. 대체로 그런 것이 일반적으로 통용되는 팀플레이의 개념이었다.

[천마에게 어울리는 개념은 결코 아니지.]

약한 자가 있어도 상관없다. 동료나 팀이 형편없더라도 개의치 않는다. 본인이 잘해서 나머지의 멱살을 끌고 가면 될 일이기에.

적시운은 공격대를 비롯한 다른 이들을 머릿속에서 지웠다. 도움이 되면 좋은 일이고, 되지 못하더라도 알 바는 아니었다. 결국 그가 놈을 해치우면 될 일이었으니까.

'S등급 에픽 레벨치고는 놈은 그렇게까지 위협적이진 않다.'

생물적 기반이 거북이이기에 날렵하게 움직이지 못하고, 브레스를 제외한다면 딱히 위협적인 공격 수단도 없다. 물론 예의 가스 공격이 변수이긴 했으나, 천룡혈독공을 익힌 적시운에겐 큰 문제가 아니었다.

놈이 지닌 전투력의 기반은 결국 방어력과 재생력. 우직하게 버팀으로써 장기전으로 몰고 간다면 체력이 무한하지 않은 한은 이길 수가 없었다.

'HP를 모두 깎는 방식으로는 죽일 수 없다.'

답은 하나. 뚫고 들어가 코어를 노리는 것이었다.

'그러기 위해선…….'

거죽을 가르고 뼈를 부수고 파고드는 것은 어려웠다. 내공을 총동원한 검격으로도 파고드는 데 그쳤을 뿐 완전히 뚫지는 못하지 않았던가. 가장 단단한 뼈인 두개골임을 감안하더라도 뚫지 못한 것은 사실이었다.

"역시 이게 가장 낫겠어."

적시운은 쇄도하는 순례자의 앞에 내려섰다. 놈은 적시운을 무시하려는 듯 속도를 조금도 낮추지 않았다.

"그래 주면 고맙고!"

땅을 박찬 적시운이 곧장 놈의 머리를 노리고 들었다. 순간 기다렸다는 듯 황혼의 순례자가 입을 벌렸다.

고오오오!

놈의 아가리 속에서 푸른빛이 일렁였다. 이오나마이트 블라스트, 속칭 드래곤 브레스를 발사하려는 것이었다.

새파란 빛이 얼굴을 물들였다. 일대를 초토화시키는 파멸의 불꽃. 한 명의 인간을 죽이기 위해 사용하기엔 너무나 거대한 에너지였다.

우우웅.

적시운은 필립에게서 받은 팔찌를 작동시켰다. 더불어 염동력을 총동원해 배리어로 몸을 감쌌다. 마지막으로 천마신공의 호신강기를 극대화했다. 그리고 불꽃의 심연, 순례자의 아가리 속으로 뛰어들었다.

12

[마수 무리는 궤멸. 황혼의 순례자는 해안을 향해 이동하고 있으며 공격대와 비행 선단이 그 뒤를 쫓는 중.]

시타델의 중추 스트롱홀드.

그 메인 컨트롤 룸. 전장으로부터의 메시지가 지속적으로 수신되고 있었다. 해안 전역에 깔려 있는 안개 및 전파 교란으로 인해 영상 확인은 어려웠다.

위성사진은 물론이요, 각 기함에 장착된 카메라를 통한 촬영도 쉽지가 않았다. 모니터엔 노이즈만이 흘러나오는 상황. 기함으로부터 전송되는 메시지는 전장의 상황을 알아낼 수 있는 사실상 유일한 수단이었다.

"……."

오스카리나는 컨트롤 룸 중앙에 팔짱을 끼고 서 있었다.

사면에 걸려 있는 각각의 모니터를 쉴 새 없이 번갈아 보며.

한순간도 마음을 놓을 수 없는 상황. 메시지만 보자면 공격대가 순례자를 쫓는 듯 보였으나 실제로 쫓기는 쪽은 공격대라 보는 게 옳았다.

“새로 들어온 메시지는?”

“아직까지는 없습니다.”

그녀의 질문에 오퍼레이터가 대꾸했다.

“마지막 메시지가 온 뒤로 얼마나 지났지?”

“5분 30초가량입니다.”

결코 짧다고 할 수 없는 시간. 마수, 그것도 S등급 마수와의 전투에서의 5분이라면 실로 억겁과도 같았다.

“위성사진이 업데이트됐습니다.”

또 다른 오퍼레이터의 보고와 함께 전면의 화면이 갱신됐다. 흐릿한 화면상에 보이는 것은 대부분 연기와 불꽃이었다.

“공격대와 비행 선단의 공격이 이어지는 것으로 보입니다.”

“그렇단 말이지.”

나쁘지 않은 소식이었다. 공세를 유지하고 있다는 건 그만한 여유가 있다는 뜻이니.

“이쪽에서 뭔가 지원해 줄 수 있다면 좋을 텐데…….”

오스카리나는 주변을 돌아보며 중얼거렸다. 별다른 의도

가 있는 것은 아니고 그저 답답한 마음에 고개를 돌린 것에 불과했다.

한데 이질적인 무언가가 시야에 들어왔다. 관계자 외 출입 금지 구역에선 보기 힘든 광경이.

처음 보는 소녀가 서 있었다. 오스카리나와는 얼마 떨어지지 않은 위치. 언제 들어왔는지도 모르게, 너무나 태연한 태도로.

"어떻게 이곳에 들어왔지?"

그녀의 질문에 오퍼레이터 몇 명이 고개를 돌렸다. 그들도 소녀를 발견하고는 당혹스러운 표정을 지었다.

"제가 데리고 나가겠습니다."

특무요원 한 명이 소녀에게 다가갔다. 그 순간 오스카리나는 이곳의 보안 상태에 대해 떠올리고 있었다.

컨트롤 룸은 스트롱홀드의 지휘실. 건물 내의 모든 시스템을 총괄하는 동시에 시타델 네트워크의 제어소였다. 응당 그에 걸맞은 보안 체계를 지니고 있다. 그냥 뚫고 들어온다는 게 사실상 불가능한 수준의 방범 체계 또한. 그건 어린 소녀가 홀로 들어올 장소가 결코 아니라는 뜻. 한낱 해프닝 따위로 치부해선 안 된다는 의미이기도 했다.

그때 소녀가 빙긋 웃었다.

"잔챙이들은 찌그러져 있어."

특무요원이 우뚝 멈춰 섰다. 오퍼레이터들 또한 거짓말처럼 행동을 멈췄다.

"……."

오스카리나는 손가락 하나 까딱하지도 못했다. 오퍼레이터나 요원들처럼 뭔가에 의해 속박당한 것은 아니었다. 다만 이성적으로 판단을 내렸을 뿐이었다. 저 소녀가 보통 사람이 아니라는 판단을.

"내게 무슨 용무라도 있는 건가요?"

"그렇다고 해두지, 오스카리나 백작."

대답한 이는 소녀가 아니었다. 조금 전까지 오스카리나의 명령을 받고 있던 오퍼레이터였다.

그뿐만이 아니었다. 특무요원과 다른 오퍼레이터들도 오스카리나를 돌아보고 있었다. 십수 개의 무감정한 눈빛. 개별적인 의지를 지니고 있는 시선이 결코 아니었다.

"퀀텀 리퍼 아킬레스 말고도 또 한 명의 펜타그레이드가 시타델을 방문했을지도 모른다. 그런 제보가 들어온 적이 있었죠."

오스카리나는 신중한 태도로 말을 이었다.

"내가 알기로…… 그중 한 명은 매우 강력한 정신 지배 능력을 지녔다고 하더군요. 어찌 보면 가장 위험할 수도 있는 이능력을."

정신감응 이능력자, 텔레패스(Telepath).

기본적으로는 사람의 마음을 읽거나 텔레파시를 보내는 정도의 능력. 하지만 그 랭크가 일정 수준을 넘어서면 거기서 한발 더 나아가게 된다. 타인의 마음을 지배하는 데 이르는 것이다.

"분명 펜타그레이드 중에 그런 사람이 있었죠. 코드명은…… 다크 레이븐 에블린."

"후후."

소녀가 웃었다. 순간 특무요원과 오퍼레이터들이 실 풀린 인형처럼 널브러졌다.

"확실히 제법 영민하긴 하네. 뭐, 신인류니 뭐니 할 만큼 대단한 수준은 아닌 것 같지만."

"무슨 일로 찾아온 거죠?"

"흥미가 생겨서 말이야."

불길한 생각이 오스카리나의 뇌리를 스쳤다.

"설마 레이드를 훼방 놓으려는 건 아니겠죠? 아무리 당신들이 경쟁 관계라지만……."

"그렇지 않아. 난 아킬레스 영감이 마음에 들거든."

"그렇다면 무엇 때문에 찾아오신 거죠?"

"흠, 글쎄? 무엇 때문이라고 생각해?"

소녀, 에블린이 장난스럽게 물었다. 외관만 보자면 꽤나 천진난만한 모습. 하지만 오스카리나는 긴장을 풀지 않았다. 그녀의 능력은 강력한 정신감응. 타인의 의식을 송두리째 지배하는 능력이다. 어쩌면 이 소녀조차도, 이른바 본체가 아닐지도 몰랐다. 성별부터가 여성이 아닐지도 모르고, 이름이 에블린이 맞는지도 알 수 없었다.

'그리고 어쩌면 지금 이 생각을 읽고 있을지도…….'

거기까지 생각을 전개한 오스카리나가 흠칫하여 숨을 삼켰다. 그런다고 생각이 사라질 리야 없었지만.

소녀는 그 속내를 아는지 모르는지 아리송한 미소를 지을 따름이었다.

"사실 처음엔 별 관심이 없었어. 대왕 거북이 따위를 잡든 말든 내 알 바는 아니거든. 그래도 워낙 할 일이 없어서 여길 방문한 거였지."

"……."

"그런데 꽤나 재미있는 걸 발견했지 뭐야."

"그 재미있다는 게 대체 뭐죠?"

에블린의 미소가 한층 짙어졌다.

"네 심장에 장난을 친 남자."

"……!"

속내를 읽혔다. 아니, 어쩌면 기억마저 읽힌 것인지도 모른다.

오스카리나는 공포 어린 눈으로 에블린을 보았다.

소녀의 모습을 한 펜타그레이드는 대체 어디까지를 알고 있는 것일까.

“거의 모든 거라고 보면 될걸.”

“뭣……!”

에블린이 손을 내밀었다. 오스카리나는 더 이상 목소리가 나오지 않는다는 걸 깨달았다.

목소리뿐만이 아니었다. 숨을 쉬는 것 외에는 그 어떤 것도 그녀의 의지대로 할 수가 없었다.

“재미있어. 이능력과 별개의 능력을 지녔다는 게. 또 다른 생체 실험의 결과물일까? 그게 아니면 내가 생각지도 못한 무언가?”

“……”

“그 남자에 대해 좀 더 알고 싶어졌어. 그러니 네가 내게 좀 협력해 줘야겠다.”

대체 무엇을 어떻게?

그렇게 반문하고 싶었으나 입이 떨어지질 않았다. 오스카리나가 할 수 있는 일은 그저 경악 어린 눈으로 에블린을 바라보는 것뿐이었다.

“당분간 너를 좀 써먹어야겠어.”

그것이 오스카리나가 기억하는 마지막 한마디였다.

털썩.

오스카리나가 그대로 쓰러졌다. 두 눈은 초점을 잃었고 의식은 새하얗게 날아갔다. 이내 그 텅 빈 머릿속으로 에블린의 의식이 침투했다. 그와 함께 소녀의 몸도 허물어졌다.

"음……."

오스카리나가 몸을 일으켰다.

"좋아, 제대로 전송됐네."

외관상 달라진 것은 없었으나 내면은 그렇지 않았다. 오스카리나 본인의 자아는 무의식 아래의 깊은 곳으로 가라앉은 뒤. 그녀의 몸을 차지한 것은 다크 레이븐 에블린이었다.

"남은 것은 돌아오기를 기다리는 것이려나?"

그녀는 가까이 있는 모니터를 들여다봤다. 그새 전장으로부터 새로운 메시지가 와 있었다.

[데몬 오더의 길드 마스터, 적시운이 순례자의 정면으로 돌격. 황혼의 순례자는 그런 적시운을 향해 브레스를 발사함.]

콰아아아!

시퍼런 빛이 시야를 가득 채웠다. 어마어마한 에너지를 머금은 불길이 적시운을 덮쳤다. 태양 안으로 뛰어든 것만 같은 느낌. 수치로 표현하기 힘든 초고열의 플라즈마 속에서 적시운은 온몸이 녹아내리는 것만 같았다.

그러나 견디지 못해 죽어버릴 정도는 결코 아니었다. 호신강기와 염동력 배리어, 거기에 아티팩트의 보호막까지 더해진 방어 체계는 생각보다도 강력했다.

게다가 아직 한 방이 더 남아 있었다.

'먹어라!'

콰르르륵!

오른팔로부터 뿜어져 나온 흑색의 기운이 구렁이처럼 대검을 타고 올라갔다. 칼날 끝에 응어리진 천마검기가 순례자의 브레스를 가르기 시작했다.

천마검 자식(刺式), 첨섬돌(尖閃突).

적시운의 신형이 불길을 뚫고 나아갔다.

뒤늦게 의도를 알아챈 황혼의 순례자가 입을 다물려 했지만 이미 늦은 뒤였다. 적시운은 놈의 아가리 속으로 파고들었다.

'그대로 뚫는다!'

퍼엉!

목젖이라도 꿰뚫었는지 대량의 피가 쏟아졌다. 뿜어져 나온 피는 삽시간에 증발해선 안개처럼 변했다.

적시운은 순례자의 식도를 타고 쇄도했다. S급의 괴물이라 해도 배 속만큼은 어쩔 수 없는 듯, 적시운의 돌파를 막아서는 것은 없었다. 삽시간에 위장 내부에 도착했다. 대량의 위산이 적시운을 반겼다.

첨벙!

위산에 빠졌지만 염동력 배리어로 인해 멀쩡했다.

적시운은 곧장 기감을 펼쳐 코어의 위치와 거리를 가늠했다. 그리고 지체 없이 첨섬돌을 재차 펼쳤다.

'뚫는다!'

퍼엉!

위장 벽이 천마검기를 버티지 못하고 찢겨 나갔다. 적시운의 몸과 함께 위액이 쏟아져 나와 다른 내장들을 녹여 버렸다.

크워어어어!

고통스러운 듯 순례자가 몸부림을 쳤다. 놈이 토하는 포효가 배 속까지 쩌렁쩌렁 울렸다.

콰르르륵!

내장 곳곳에서 촉수가 튀어나와 적시운을 휘감으려 했다.

"가지가지 하는군."

적시운은 차근차근 전진해 나갔다. 촉수는 베어내고 내장은 꿰뚫었다. 검은빛으로 물든 대검이 번뜩일 때마다 대량의 피와 체액이 터져 나왔다.

같은 시각, 공격대 또한 순례자의 이상을 알아챘다.

"놈이……!"

"마침내 멈추었다!"

순례자가 멈춰 섰다. 그뿐 아니라 바르르 몸을 떨고 있었다. 꼭 못 먹을 것을 먹은 것만 같은 모습이었다.

"해냈단 말인가……!"

아킬레스를 비롯한 대다수의 공격대원이 목도할 수 있었다. 브레스를 토하는 순례자를 향해 뛰어드는 적시운을.

브레스가 지나간 자리는 그대로 녹아내려 용암이 되었다. 그런 초고열에 직격당했으니, 적시운이 죽었으리라 생각하는 것도 이상하진 않을 터였다.

하지만 아킬레스는 보았다. 불길을 뚫고서 그대로 놈의 입 속으로 뛰어드는 적시운을. 그리고 지금, 순례자는 전에 없이 고통스러워하고 있었다.

"내가 깔짝대던 것과는 차원이 다르군."

최상위 레벨의 마수들은 이능력에 대한 저항력 및 면역력을 보유하고 있었다. 그것은 순례자 또한 마찬가지. 때문에 아킬레스의 텔레포트로는 극히 일부의 타격만을 줄 수 있었다.

한데 적시운은 달랐다. 대체 어떻게 해낸 것인지는 몰라도 아킬레스를 훨씬 능가하는 타격을 주고 있었다. 어쨌든 멍하니 있을 순 없는 일. 아킬레스는 황급히 명령을 내렸다.

"순례자를 집중 공격 하도록!"

전 공격대원이 공격을 퍼붓기 시작했다. 비행 선단 또한 자리를 잡고서 집중포화를 퍼부었다.

콰광! 콰과과광!

맹렬한 공세 속에서 마침내 순례자의 육체가 부서져 나가기 시작했다.

"후우……!"

적시운은 가볍게 심호흡을 했다.

짧은 시간 동안 놈의 배 속을 온통 헤집어 놓았다. 그리고 이제는 골인 지점에 다다른 뒤. 고작 몇 m 앞에 순례자의 코어가 존재했다.

쿵쾅거리는 놈의 심장. 정확히는 심방 외벽에 거대한 보석이 달라붙어 있었다.

'그대로 도려낸다!'

13

콱!

천마검기를 머금은 대검이 순례자의 심장을 파고들었다. 심방과 코어의 연결 부분. 따끈따끈한 선홍색 핏물이 적시운의 머리 위로 쏟아져 내렸다.

꾸르르륵.

대량의 거품이 일어나 상처를 재생시켰다. 새로 생겨난 살점이 접착제처럼 대검을 붙들었다. 천마검기가 연신 살점을 소멸시켰지만 초월적인 재생 속도가 이를 따라잡았다.

파괴력과 재생력의 싸움. 최대한의 내공을 실었음에도 현상 유지가 최선. 황혼의 순례자 또한 필사적이라는 게 느껴졌다.

휘리리릭!

근처의 살점들이 촉수로 변화해 적시운을 휘감았다. 수 톤에 이르는 압력이 몸을 압박했다. 적시운 또한 내공과 염동력을 총동원해 이를 버텨냈다.

'조금만 더!'

쿠구구국.

칼날이 조금 더 안쪽으로 파고들었다. 그래 봐야 극히 미세한 수준. 기껏해야 몇 ㎜쯤 될까 싶었다.

하지만 몇 ㎜라 해도 전진은 전진. 천마신공의 파괴력이 순례자의 재생력을 웃돈다는 증명이었다.

왈칵!

또 한 번 선홍색 핏물이 터져 나왔다.

적시운 재빨리 칼날을 비틀었다. 재차 거품이 흘러나왔으나 재생 속도는 조금 더뎌진 느낌이었다.

우득.

옆구리가 시큰거렸다. 아무래도 갈빗대가 한두 개쯤 부러진 모양. 격통이 척추를 타고 올라왔지만 이를 악물고 버텼다.

같은 시각, 바깥에서도 전투가 지속되고 있었다.

후두두둑.

잇따른 집중 공격에 순례자의 외피가 나무껍질처럼 떨어져 내렸다. 원래대로라면 거품과 함께 삽시간에 재생되었을 테지만, 지금은 그 속도가 눈에 띄게 느려진 상태였다.

"효과가 있다!"

"조금만 더 몰아붙여!"

그리 오래지 않아 가시적인 성과가 나타났다.

퍼억!

둔탁한 소리와 함께 순례자의 왼쪽 뒷다리가 주저앉았다. 관절 부위가 완전히 박살 난 까닭. 탱커 및 근접 딜러들의 지속딜이 마침내 결실을 맺은 것이었다.

"좋아!"

"조금만 더!"

결정타는 아니더라도 공대원들의 사기를 드높이기엔 충분했다.

순례자를 향한 공세가 한층 강렬해졌다. 그사이 아킬레스는 순례자의 내부를 투시했다. 그리고 어렵사리 적시운의 존재를 확인했다.

"역시 내부에서 놈을 부수고 있었군."

"그를 찾았습니까?"

곁으로 다가온 필립이 질문했다. 헨리에타 또한 걱정 어린 얼굴로 다가왔다.

"그렇소. 현재 놈의 심장과 격전 중이오."

"심장 말인가요?"

헨리에타의 질문에 아킬레스는 고개를 끄덕였다.

"그렇소. 아무래도 저쯤 되는 괴물은 배 속에까지 자기방어 체계를 갖추고 있는 모양이오."

"그렇더라도 대단한 일이군요. 설마 놈의 배 속으로 직접 들어갈 생각을 할 줄이야."

경악 어린 얼굴로 필립이 말했다.

"생각은 누구나 할 수 있어도 실행하긴 어려운 일이지."

"무엇보다 놈의 브레스를 정면으로 뚫고 들어갔다는 게 놀랍습니다. 두 눈으로 보고도 믿기지 않더군요."

"신의 도움이든 무엇이든 간에 감사할 일이지."

대화를 하면서도 세 사람은 지속적으로 공격을 펼쳤다. 아킬레스도 순례자의 상처 부위에 타격을 가했다. 딜러들에 의해 찢기거나 갈라진 곳이 있으면, 그 틈으로 이물질을 끼워 넣었다. 재생을 방해하는 동시에 추가 타격을 주기 위함이었다.

이물질은 주로 화약류. 비행선에 적재된 화약을 모조리 끌어와선 상처 틈새에 비집어 넣었다. 능력 소모가 덜하면서도 효과는 확실한 방법이었다.

콰과과광!

폭발과 함께 상처가 한층 벌어졌다. 코어에 가해지는 부담도 더욱 커질 터였다.

필립과 헨리에타도 본인만의 방식으로 공격을 이어갔다. 필립은 변환술을 십분 활용해 딜러들의 공격력을 상승시켰고 헨리에타는 아킬레스와 마찬가지로 상처 부위마다 탄환을 꽂아 넣었다.

외부의 타격은 내부에까지 확실히 전달됐다. 심장을 유지시키는 재생력이 차츰 떨어지기 시작했다.

코어에 내재된 에너지는 여전히 엄청난 수준. 그럼에도 재생 속도가 무뎌진 것은 공격력이 재생력을 훨씬 웃돈다는 의미였다.

순례자의 정신력에도 한계가 왔을 터. 이 정도의 적들과 홀로 맞선 것부터가 이미 대단한 일이긴 했다.

"칭찬이라면 얼마든지 해주마."

꾸국. 꾸구국.

칼날이 한껏 비틀렸다. 코어와 연결된 심장의 살점이 서서히 도려지기 시작했다. 대검의 칼날에도 희미한 실금이 생겨났다. 심장이 도려지거나 칼날이 부러지거나, 조만간 결착이 날 터였다.

"그러니 이제 좀 뒈져라!"

적시운은 남아 있는 내력을 모조리 격발시켰다. 몸에 휘감겨 있던 촉수들이 갈가리 찢겨 나갔다.

한결 자유로워진 몸. 적시운은 그대로 원을 그리듯 검극을 놀렸다.

검은색 칼날이 마침내 심장으로부터 코어를 도려내는 데 성공했다.

찰나의 순간, 심장에서 뻗어 나온 체조직의 다발이 코어를 붙들려고 했다. 그러나 나무뿌리처럼 솟아 나온 다발은 천마검기의 기운에 의해 녹아내렸다.

적시운은 황급히 금나수를 펼쳐 코어를 낚아챘다.

슈슈슉!

촉수라고 할 수조차 없는 살점의 덩어리들이 곳곳에서 솟아났다. 제 형체조차 유지하지 못하며 쇄도하는 살점들. 그러나 더 이상은 적시운에게 위협이 되지 못했다.

"흡!"

풍차처럼 휘둘리는 대검에 피와 살점의 폭풍이 몰아쳤다. 시산혈해의 강림과도 같은 모습. 적시운은 살점과 피의 범벅을 뚫고 나왔다.

쿠구구구!

순례자의 체내가 요동치기 시작했다. 사방은 온통 내장과 살점의 장벽뿐. 적시운으로선 뚫고 나가는 것 외엔 다른 선택지가 없었다.

순례자의 코어는 럭비공처럼 옆구리에 단단히 끼워두었다. 오른팔 하나로 대검을 휘두르며 적시운은 살점의 벽을 돌파해 나갔다.

크에에엑!

순례자가 혀를 빼문 채 비명을 토했다. 브레스를 토해내던 입에서는 부글거리는 피거품만이 흘러나왔다.

재생력은 사실상 소멸한 뒤. 공격대가 가하는 타격에 의해 피육이 부서지고 뼈가 드러났다.

무너져 내리는 대재앙급 마수. 공격대는 스산한 전율을 느끼면서도 공세의 고삐를 늦추지 않았다.

“아직 모른다! 놈이 다시 살아날 가능성도 있어!”

“재생할 엄두도 못 내게끔 밀어붙여!”

길드장들의 명령에도 활력이 돌아왔다. 그와 반대로 순례자의 육체에서 생기가 사라지기 시작했다.

쿠구구구.

풍화된 석상이 붕괴되 듯, 순례자의 몸뚱이가 무너져 갔다. 한 발의 탄환, 한 번의 검격마다 눈에 띄게 육체가 부서져 나갔다.

끝이 다가왔다.

공격대의 모두가 그렇게 느꼈을 때.

푸확!

주저앉은 순례자의 배가 갈라지며 내장이 쏟아졌다. 그 사이로 피범벅이 된 적시운이 튀어나왔다.

황혼의 순례자 토벌 성공.

승전보는 삽시간에 제국 전역으로 퍼졌다. 호사가와 귀족들의 뒤늦은 관심이 시타델로 집중되었다.

토벌에 참가한 모든 길드 및 공대원의 가치가 상한가를 치게 된 것은 기본이요, 이를 배후 지원한 시타델에도 러브콜이 쏟아졌다.

순례자의 사체에도 관심이 집중됐다. 비록 집중 공격과 포화 세례에 의해 많은 훼손을 당했다지만 그래도 S랭크 마수의 사체. 활용 방안은 그야말로 무궁무진했다.

그렇다 해도 결국 가장 많은 관심이 집중되는 것은 하나였지만 말이다.

"아포칼립틱 코어는 어떻게 처분할 생각이오?"

"업계 최고 수준의 가격을 지불할 용의도 있소만."

가진 것은 돈과 시간뿐인 귀족과 부호들의 연이은 추파가 데이브레이크와 시타델로 날아들었다. 그래 봐야 들을 수 있는 대답은 뻔한 것이었지만.

"죄송한 말씀이지만……."

"순례자의 코어에 대한 권한은 우리에게 있지 않습니다."

이는 다른 길드들도 마찬가지였다. 코어의 소유 및 처분 권한을 둘러싼 머리싸움과 쟁탈전을 기대했던 이들로선 맥 빠지는 일이었다.

"그래서……."

"도대체 순례자의 코어는 누구에게 있는 거지?"

많은 이의 의문이 해소되기 시작한 것은 며칠 후, 전투에 직접 참여했던 공대원들의 경험담이 조금씩 풀리면서부터였다.

결과적으로 세인의 관심은 하나의 키워드를 향해 몰려들었다.

신생 길드 데몬 오더. 그 길드 마스터에게로.

"전화는 물론이고 통신 라인도 모조리 끊어놓았어요. 열이놓아 봤자 좋을 일이 없으니까요."

"그 정도로 연락이 쏟아져 들어오나 봐요?"

"연락뿐만이 아니에요. 어떻게든 정보를 얻겠다고 이쪽 데이터베이스를 해킹하려는 작자들도 넘쳐 나요."

"해킹해 봤자 별것 없을 텐데……."

"기껏해야 밀리아 씨가 적어놓은 비밀 일기 내용이나 발견할 수 있을 테죠."

소파에 엎드려 TV를 보며 낄낄거리던 밀리아가 화들짝 놀라 일어섰다.

"뭐야? 그걸 당신이 어떻게 알아?"

"핸드폰에 매일 일기 쓰고 있죠? 그거 저장을 길드 공용 웹하드에 해뒀던데요?"

"비번 걸어놨는데?"

"그거 뚫는 것쯤은 일도 아니죠."

"……!"

울상이 된 밀리아가 후다닥 방으로 뛰어갔다. 그 모습을 본 클라리스가 어깨를 으쓱했다.

"별 얘기도 없던데."

헨리에타는 풋 하고 웃음을 터뜨렸다. 이게 얼마 만에 느껴보는 평화인지 생각하며.

"어쨌든 보고할 내용은 이게 전부예요, 부길드장님."

"그렇게 부르지 마세요. 전 부길마 같은 게 아니니."

"적시운 님은 헨리에타 님에게 일을 맡겨두셨죠. 그러니 헨리에타 님을 부길드장으로 점찍었다고 봐도 좋을 거예요."

"그냥 귀찮아서 그런 걸 텐데요."

"저도 그렇게 생각하지만……."

짧게 뜸을 들인 클라리스가 지나가는 투로 물었다.

"그분이 어디 계신지는 헨리에타 님도 모르시는 거죠?"

"네, 아킬레스 님에게도 물어봤는데 역시 모르신다더군요."

"그분이라면 알아낼 방법이 있을 텐데요."

"있어도 알아내려 하지 않을 거예요. 적시운은 그에게 있어 은인이니."

아킬레스는 순례자의 토벌에 일평생을 바쳤다. 그리고 적시운은 그의 숙원을 이루어주었다.

직접 숨통을 끊지 못했다지만 아킬레스는 불만을 갖지 않았다. 적시운이 없었다면 순례자를 죽이는 것이 불가능했으리란 걸 누구보다 잘 알았기에.

"그가 거짓말을 했을 수도 있지 않나요?"

"그라면, 아킬레스 님 말인가요?"

"네."

클라리스가 고개를 끄덕였다.

"그 두 사람은 거래를 한 걸로 알고 있어요. 그리고 그 거래 내용은……."

"순례자를 해치우는 것, 그 대가로 이곳을 떠나게 해주는 것이었죠."

"네, 그러니……."

"우리에게 알리지 않고 이미 떠났을 거다 그런 얘기군요."

"네."

가능성이 없지는 않다. 아니, 없는 정도가 아니라 상당히 높았다.

"설령 그렇다고 해도, 그를 원망할 순 없어요."

"원망하려는 게 아니에요. 다만……."

"나는 거짓말을 하지 않았다오."

갑작스레 들려온 제3의 목소리. 화들짝 놀란 헨리에타와 클라리스가 자리에서 펄쩍 뛰었다.

"갑자기 찾아와서 미안하오."

웃는 낯으로 말하는 이는 아킬레스. 텔레포트를 한 것이었다. 두 여인은 쿵쾅거리는 가슴을 애써 진정시켰다.

"여, 연락이라도 미리 주셨으면 좋았을 텐데요."

"그러고 싶었는데 그러지 말라더군."

"네이트 님이요?"

"음, 도청당할 확률이 백 퍼센트라더구려. 보는 눈이 많기는 많은 모양이오."

아킬레스가 빙긋 웃었다.

"그래 봐야 치즈 가루 하나도 건지지 못할 테지만."

제23장
초대(1)

1

아킬레스가 찾아온 이유는 간단했다.

"적시운 그 친구의 행방을 묻고자 한 건데, 보아하니 여러 분도 아시는 바가 없나 보군."

클라리스와 헨리에타가 서로의 얼굴을 돌아봤다. 헨리에타가 물었다.

"가장 최근에 그를 만난 게 언제죠?"

"여러분과 같소."

"그날 이후로 보지 못했단 말씀이군요."

"음."

그날은 곧 황혼의 순례자가 쓰러진 날. 적시운이 놈의 배를 가르고 나오는 모습이 공대원들의 뇌리에 단단히 각인된 날이었다. 가히 신화적인 광경 속에 모두가 할 말을 잃었다. 그 막막함을 이내 승리의 환호가 뒤엎긴 했지만.

적시운은 그 와중에 홀연히 사라졌다. 모두들 승전의 기쁨에 취해 있던 터라 그가 사라졌다는 것도 몰랐다. 헨리에타만 해도 한창 밀리아와 부둥켜안고 방방 뛰고 있었으니.

나중에 적시운이 사라졌다는 걸 알긴 했지만 큰 걱정은 하지 않았다. 시타델로 돌아가 기다리면 어련히 알아서 돌아오리라 생각했다.

그렇게 일주일이 훌쩍 지났다. 승리의 열기가 광풍이 되어 시타델을 휩쓸고, 차츰 그 여파가 가라앉는 중이었다. 미친 듯이 쇄도하는 전화와 메일은 아직도 줄어들 기미가 없었지만.

"설마…… 집으로 돌아갈 다른 방법을 찾아낸 건 아닐까요?"

불안한 듯 중얼거리는 클라리스. 아킬레스가 턱을 쓰다듬었다.

"그렇지는 않을 거요. A랭크 이상의 능력자라 해도 대양을 건너기란 쉽지 않은 일이니."

"그렇다면 역시……."

"짐작 가는 바가 있소, 클라리스 양?"

"간단해요. 일확천금을 손에 넣은 사람이 가장 먼저 할 일이 뭐겠어요? 그 돈을 확실하고 안전하게 처리하는 거겠죠. 숨기든 써버리든 간에요."

일확천금이라면 역시 순례자의 코어. 아킬레스는 여전히 아리송한 표정이었다.

"희한하군. 코어를 흡수하려는 게 됐든 현금화가 됐든, 시타델 지방 정부를 거치는 게 가장 확실하지 않소?"

"현금화하려 들진 않을 거예요. 안 그래도 토벌 전부터 코어를 모으는 데 열심이었던 그분이니."

"코어 흡수에는 특수 장비가 필요하지 않소?"

아포칼립틱 코어 어시밀레이터(Apocalyptic Core assimilator). 통칭 ACA라 불리는 대형 장비. 이것이 없이는 코어를 흡수하는 게 불가능했다.

"적시운은 아니에요. 그 사람, ACA 같은 장비 없이도 코어를 흡수할 수 있어요."

헨리에타의 대답에 아킬레스의 눈이 휘둥그레졌다.

"아니, 대체 어떻게 말이오?"

"그거야…… 저희도 모르죠."

"적시운 그 친구는 대체 정체가 무엇이오?"

"그렇게 물으셔 봐야 저희도 돌려드릴 만한 대답이랄 게 없어요. 그저 이렇게 말할 수밖에 없겠네요."

헨리에타가 말했다.

"바다 건너에서 온 한국인이라고요."

적시운은 걸음을 멈췄다. 첩탑처럼 솟아오른 빌딩 숲이 적시운을 맞이했다.

미궁으로 들어서는 입구와도 같은 광경. 덩굴과 이파리에 휘감긴 건물들은 여전히 을씨년스러웠다.

밀림화된 도시 오소독스. 중원을 떠나온 적시운이 처음으로 방문한 지역이었다.

몇 개월 만인지는 정확히 기억나지 않았다. 짤막한 상념이 들긴 했으나 그뿐. 놀러 온 것은 아니었기에 적시운은 곧바로 걸음을 옮겼다.

목적지는 김은혜가 이끄는 한인계 이주민들의 마을. 예상대로 옛 토마호크 클랜의 기지인 대학 교정에 자리 잡고 있었다.

"……!"

적시운을 발견한 마을 주민들이 움찔했다. 처음엔 적인 줄 알고 경계했으나, 이내 적시운임을 알아채고는 경악했다.

"오빠……?"

헐레벌떡 뛰어나온 세실리아가 제자리에 우뚝 섰다. 멍하니 중얼거리는 그녀의 뺨 위로 눈물이 흘러내렸다.

“오빠라고 좀 하지 마라.”

“오빠!”

강아지처럼 달려 나온 그녀가 적시운에게 매달렸다. 적시운은 나직이 투덜거렸다.

“하여간 말을 해도 듣질 않는군.”

“무사하셨군요!”

“그래, 어쩌다 보니.”

“정말 다행이에요. 다행이에요.”

품에 얼굴을 파묻은 세실리아가 얼굴을 비벼댔다. 따스하고 축축한 느낌이 옷감 너머로 느껴졌다. 적시운은 그녀가 진정되기를 기다린 다음 말을 꺼냈다.

“김은혜를 만나러 왔어.”

“아, 큰할머니요?”

겨우 얼굴을 떼어낸 세실리아가 눈물을 슥슥 닦았다.

“집 안에 계세요. 지금쯤이면 깨어 계실 거예요.”

적시운은 고개를 끄덕였다. 김은혜의 대략적인 위치는 이미 기감을 통해 파악한 뒤였다.

“안내해 드릴게요. 따라오세요.”

두 사람은 김은혜가 묵고 있는 곳으로 향했다. 주민들의 시선이 자연히 그 뒤를 따랐다.

오소독스를 떠난 당시보다도 확연히 인구수가 줄어든 상태. 그 이후로도 이들이 상당히 고생했음을 알 수 있었다.

세실리아 또한 적시운을 찬찬히 관찰했다. 그리고 새로운 사실 하나를 알아챘다.

'힘을 가늠할 수가 없어……?'

그녀가 기억하는 적시운은 더블 B랭크의 염동술사였다. 싱글 A랭크 화염술사인 그녀와는 상당한 격차를 지닌 레벨. 그녀가 감지하고자 마음먹는다면 얼마든지 할 수 있었다. 한데 지금은 그렇지 않았다. 적시운이 눈앞에 떡하니 서 있는데도 그의 힘을 파악할 수가 없었다.

"저기……."

적시운이 우뚝 멈췄다. 뒤따라가던 세실리아는 하마터면 등에 얼굴을 처박을 뻔했다.

"깨어 있나?"

수개월 전과 그다지 변한 게 없는 움막. 그 안쪽에서 부드러운 음성이 흘러나왔다.

"오랜만이군요. 들어오세요."

적시운은 한걸음에 안으로 들어섰다. 세실리아가 총총걸음으로 그 뒤를 따랐다. 김은혜는 낡은 나무 의자에 앉아 있었다. 꽤나 고된 몇 개월이었을 텐데도 거의 변한 게 없는 모습이었다.

“보아하니 제 생각보다도 많은 일을 겪으신 것 같군요.”

“그래.”

적시운은 그녀 건너편의 의자에 앉았다.

“시타델의 백작을 만났다.”

“백작이라면…….”

“오스카리나. 당신이라면 모를 리 없겠지?”

김은혜의 얼굴에 미묘한 그림자가 드리웠다.

“그 아이, 아직도 저를 원망하고 있던가요?”

“글쎄. 직접 물어본 적은 없어서 모르겠는데.”

“그 아이와는 어떤 관계이신가요?”

“대립하지는 않는다고만 해두지.”

“그럼 조로아스터는…….”

“죽지는 않았어.”

많은 것을 내포한 한마디. 김은혜는 적시운에게 눈빛으로 물었고, 적시운 또한 눈빛으로 대답했다.

“그에게서 아무런 연락도 없었던 데엔 이유가 있었군요.”

“연락이나 접촉 시도가 있었다면 당신들은 살아남지 못했을 거야. 내가 만나본 조로아스터는 그런 놈이었어.”

“그런가요.”

김은혜는 자그맣게 한숨을 쉬었다. 안도감과 안타까움이

숨결 속에서 뒤섞였다.

"대규모의 토벌이 있었다고 들었습니다. 퀀텀 리퍼 아킬레스가 주도한 사냥이었다지요?"

"그래."

적시운은 내심 감탄했다. 사실상 외부와의 접촉이 원천 봉쇄되다시피 한 곳에서도 그녀는 많은 것을 보고 들을 수 있었다.

"대다수의 관심은 한 길드에 집중되어 있더군요. 아킬레스의 데이브레이크도 아니고, 세인트 로드의 케르베로스도 아닌 신생 길드에요."

"……."

"제가 알기로 그 길드의 이름은……."

"데몬 오더."

적시운이 대답했다.

"내가 이끄는 길드다."

우두커니 선 채 대화를 듣던 세실리아가 입을 벌렸다. 김은혜는 그럴 것 같았다는 듯 고개를 끄덕였다.

"어느 정도는 예상했어요. 염동력을 사용하는 20대의 동양인 남성. 알려진 정보만 봐도 너무나 적시운 님과 흡사했으니까요."

"통신망을 통해서 정보를 얻은 건가?"

"네, 토마호크 클랜이 남겨둔 장비들을 좀 손봤답니다."

적시운은 간단히 납득했다. 그녀에겐 그다지 어려운 일도 아니었을 것이다.

"이곳을 떠난 이후의 수개월 동안, 에메랄드 시타델을 본인의 편으로 만드시고 S랭크의 마수마저 쓰러뜨리신 거군요."

"그래, 그 외에도 자잘한 일이 많긴 했지만."

"누군가 그와 비슷한 얘기를 했다면 공상이 지나치다며 놀렸을 거예요."

"클라리스와도 만났다."

김은혜의 눈동자가 살짝 흔들렸다.

"……그러셨군요."

적시운은 그간의 사정을 설명했다. 자신의 중재 아닌 중재로 인해 하층민들이 어느 정도 숨통이 트였다는 것, 그 외에도 많은 것이 바뀌었다는 것을.

"지금이라면 너희가 돌아가더라도 예전과 같은 핍박을 받진 않겠지. 빼돌린 정보 때문에 목숨을 위협받지도 않을 테고."

빼돌린 정보. USB에 담아 적시운에게 건네주었던 바로 그 데이터. 태평양의 기후 패턴이었다.

"그 일로 저를 원망하시지 않는 건가요? 적시운 님이 쉽게

열어볼 수 없도록 록을 걸어두었는데요."

"당시엔 좀 짜증도 났지만, 어쨌든 록은 해제할 수 있었으니 괜찮아. 그 의도도 이해 못 할 바는 아니고."

김은혜는 쓴웃음을 지었다.

"저로서는 그렇게라도 적시운 님께 매달릴 수밖에 없었어요."

"알아. 그리고 난 그 일을 용서했어."

김은혜는 적시운의 눈을 가만히 응시했다.

"예전에 뵈었을 때와는 여러모로 달라지셨군요."

"그렇게 보여?"

"네, 그때는 굶주린 늑대 같은 느낌이었거든요."

"지금은 배부른 늑대 같고?"

김은혜는 부드럽게 웃었다.

"이 은혜를 어떻게 갚아야 할지 모르겠어요."

"됐어. 그냥 떠나자니 좀 찝찝해서 뒷정리를 깔끔하게 하려는 것뿐이니까."

"떠난다는 건 역시……."

"집으로 돌아갈 거다."

"그렇군요."

김은혜가 납득한 듯 고개를 끄덕였다. 세실리아가 연신 설명을 요구하는 시선을 쏘아댔다.

"지금까지의 상황을 보건대, 제가 드린 데이터는 무의미해졌군요."

"그래, 더 나은 운송 수단이 생겼으니까."

"그게 뭔데요?"

더 참지 못하고 세실리아가 물었다. 쓴웃음을 지은 김은혜가 말했다.

"아킬레스 님이 계시잖니."

"아."

"그분의 텔레포트 능력이라면 대해를 건너는 것쯤은 어렵지 않을 거란다."

"하지만…… 바다를 건너는 건 황제가 법으로 금지하지 않았어요?"

"그러니 몰래 가야겠지. 아마 아킬레스 님은 이미 여러 차례 바다 건너의 대륙을 방문해 보셨을 거란다."

차분히 설명한 김은혜가 적시운을 돌아봤다.

"루트는 좀 생각해 두신 게 있나요?"

"처음엔 베링 해협(Bering Strait)을 생각했었지."

베링해와 북극해를 가로지르는 해협. 북아메리카와 시베리아 사이에 위치한 바다로, 대륙 간 최단 거리는 85㎞밖에 되지 않았다. 22세기까지의 기준으로는.

블랙 링이 지구를 감싸고 세계 곳곳에서 게이트가 열림으로써 모든 게 바뀌었다. 북극과 시베리아가 소멸. 그로 인해 지구 전역의 지도가 변해 버렸다.

옛 시베리아는 완전히 사라졌다. 이제 베링 해협 간의 거리는 가장 짧게 잡아도 300㎞ 이상이었고, 그마저도 추정에 지나지 않았다.

"지금은 좀 생각이 바뀌었어. 내가 판단을 내리기에 앞서 영감의 조언을 들어봐야지."

김은혜는 부드러운 미소를 지었다.

"가끔은 노인의 잔소리에서도 지혜를 발견할 수 있는 법이죠."

[아무렴 그렇고말고. 물론 본좌의 조언은 한 마디, 한 마디가 주옥같지만 말이야.]

머릿속에서 또 다른 노인네의 목소리가 울렸지만 적시운은 애써 외면했다.

2

한때 화염의 아이들이라 불렸던 집단. 적시운은 그들을 시타델로 복귀시키고자 찾아왔다.

"하지만 데이터 문제가 남아 있을 텐데요? 다른 것은 어찌 얼버무릴 수 있어도 제가 제국의 정보를 빼돌렸다는 사실은 사라지지 않아요."

"기록이야 날조하면 그만이야."

집단의 리더 김은혜는 행방불명되었으며 그 구성원 일부만이 돌아왔다. 오스카리나 백작은 그들을 받아들였다. 그런 식으로 기록을 남기면 그만이라고, 적시운은 말하고 있는 것이었다.

"문제가 생길 소지는 사실상 없지. 나라 전체가 순례자 얘기로 떠들썩한 데다 애초에 한인계 탈주자들 정도는 화젯거리도 되지 못하니."

"그건 그러네요. 씁쓸한 일이지만."

"가짜 신분증을 만드는 것쯤은 일도 아니야. 결국 당신이 도시에 돌아가는 데에도 문제는 없지. 김은혜가 아닌 다른 여성으로 위장하기만 하면 그만이니."

"백작이…… 오스카리나가 그 제안을 받아들인 건가요?"

"아니, 아직 얘기하지도 않았어."

김은혜는 잠시 멍해졌다.

"그러면……."

"하지만 내 말을 반드시 받아들이리라는 것만은 단언할 수 있다."

허풍이나 만용이 아니었다. 생각해 보면 처음 그들을 위해 토마호크 클랜과 싸웠을 때에도 마찬가지였다. 물론 적시운

본인은 자기 자신을 위해 싸웠을 뿐이라고 할 테지만.

"어떻게 이 고마움을 모두 표현해야 할지 모르겠군요."

"됐어. 그런 거 바라고서 하는 일이 아니니까."

"언제 출발하면 될까요?"

"되도록 빠르게."

"알겠어요. 사람들에게 알린 후에 곧장 준비를 하지요."

"좋아, 준비 끝나면 신호를 보내."

"신호로는 어떤 게 좋을까요?"

"아무거나. 내가 확인할 수만 있으면 된다."

김은혜가 고개를 끄덕였다.

"봉화를 피우지요. 아마 도시 어느 곳에서든 확인하실 수 있을 거예요."

"알겠어."

적시운이 움막 밖으로 걸음을 옮겼다. 잠시 눈치를 보던 세실리아가 엉덩이를 들었다가 주저앉았다.

"따라가지 않을 거니?"

"네, 오빠가 그걸 바라지 않을 것 같아요."

순진하게만 보여도 어느 정도의 눈치는 있다. 김은혜는 가만히 세실리아가 머리칼을 쓰다듬었다.

"오빠, 많이 바뀌었네요."

"그렇구나."

"이능력의 수준이 전에 봤을 때와는 비교도 할 수 없을 만큼 높아졌어요."

"그러니?"

"네, 아마 저보다도 강할 거예요."

최소 두 단계 이상의 랭크 업을 했다는 뜻. 일반적으로는 수개월 동안 해낸다는 게 불가능에 가까운 일이었다. 한데 저 사내는 그것을 해냈다.

'그저 끝이 보이지 않는 집념의 결과물일 뿐인 걸까. 그게 아니면…….'

집념과 의지 말고도 뭔가를 더 품고 있는 것 같았다. 하지만 김은혜로서는 그게 뭔지 알 길이 없었다.

한 가지 분명한 건 저 사내가 그녀와 식구들을 구원했다는 점이었다. 그것도 두 번이나.

적시운은 덩굴을 헤치며 숲 안으로 파고들었다. 예전에만 해도 미지와 두려움의 대상이던 도시 안의 밀림. 그러나 이제는 적시운의 발걸음을 막지 못했다.

'살아 있는 숲.'

각각의 식물들은 뿌리를 통해 하나로 링크되어 있다. 그렇게 연결된 식물들은 하나의 지성을 구축했다. 그리하여 살아 있는 숲이 도시 한복판에 만들어졌다.

마수들의 무리조차 두려워하지 않았던 숲. 그러나 지금 숲은 떨고 있었다. 내부로 침투한 단 하나의 존재 때문에.

[수련 장소로는 딱이로군.]

독소가 침투하면 육체는 면역 체계를 풀가동한다. 몰아내지 못하면 자신이 죽는다는 걸 본능적으로 알기에.

지금의 숲이 그러했다. 적시운은 발산하는 살기를 구태여 숨기지 않았고, 숲 또한 그게 의미하는 바를 이해했다.

스스스스.

몰려드는 덩굴들. 그 사이로 쿵쾅거리며 마수들이 나타났다. 공동의 적 앞에서 옛 숙적이 손을 맞잡은 격이었다.

물론 지금의 적시운에겐 두려움의 대상이 될 수 없는 것들이었지만.

"그래도 몸 푸는 데엔 적당하겠지."

순례자를 쓰러뜨린 후 모두의 앞에서 자취를 감추고서 일주일.

그간 적시운은 하나의 목적에만 몰두했다. 그 목적이란 물론 황혼의 순례자의 아포칼립틱 코어를 흡수하는 일.

다름 아닌 S랭크 에픽 레벨 마수의 코어. 흡수에 있어선 신중을 기하고 또 기울여도 과하지 않았다.

적시운은 일단 전장을 벗어나기로 했다.

천하보, 그 세 번째. 설매경신.

승리의 광란에 잠겨 있던 사람들은 보법을 펼쳐 빠져나가는 적시운을 알아채지 못했다.

넓은 황야 어느 곳이든 상관없었다. 거친 땅을 활보하던 마수의 대부분이 사냥당한 뒤. 적시운은 생물의 흔적이 전무한 지대에 자리를 잡고는 체력을 회복시켰다. 이어서 코어 흡수를 위한 최적의 몸 상태를 만드는 데 몰두했다.

여기까지 소모된 게 하루. 나머지 엿새는 고스란히 코어 흡수에만 집중했다.

순례자의 코어는 실로 엄청난 에너지를 지니고 있었다. 그 규모란 적시운이 지금껏 쌓아온 내공을 능가하는 수준. 그 엄청난 공세를 버티고 육체를 재생시키느라 상당량의 에너지를 소모했을 텐데도 이 정도였다.

[환단 형태의 만년삼이나 다름없구먼.]

천마의 감탄조차도 약간은 질린 듯한 어조였다.

[이런 세상에서 살았다면 본좌의 대업이 10년은 앞당겨졌을 것을.]

적시운은 아무런 대꾸도 하지 않았다. 망자가 뱉는 미련의 한마디 앞에선 어떤 미사여구도 위안이 될 수 없었기에.

적시운은 건조한 동굴 안에 정좌를 했다. 코어 에너지의 흡수를 목적으로 한 기나긴 명상이 시작되었다. 그리고 엿새가 지났다.

쿠구구구……!

김은혜 측이 봉화를 밝혔을 때쯤엔 오소독스 내 숲의 절반이 소멸한 직후였다.

적시운은 밀림뿐 아니라 그 안팎에 거주하는 마수들까지 모조리 쓸어버렸다. 대부분이 B에서 C 사이를 오가는 하급 마수라지만 그 수는 결코 적지 않았다.

한데도 적시운은 반나절을 조금 넘기는 시간 동안 놈들을 싹 일망타진했다. 오래전 김은혜가 시타델의 병력을 빌려 실현하고자 한 일을 혼자서 끝마친 것이다.

"당분간은 나댈 생각 따윈 못 하겠지. 마수 놈들도, 저 밀림도."

김은혜는 뭐라 대꾸할지 잠시 고민했다.

"단순히 마수들에 대한 적개심 때문만은 아닌 것 같군요."

"겸사겸사 할 일이 좀 있어서."

딱히 얘기하고 싶어 하지 않는 눈치. 김은혜도 더 캐묻지는 않았다.

"출발 준비를 마치기는 했지만, 솔직히 말씀드리자면 긴 여행을 버텨낼 여력이 저희에겐 없어요. 물자도 물자거니와 주민들의 체력이 그리 양호하지 못해요."

"그건 걱정하지 않아도 돼. 운송 수단을 이리로 데려오면 되니까."

"시타델에서 말인가요?"

"그래."

김은혜는 의아한 표정을 지었다. 그럴 거면 굳이 벌써부터 짐을 쌀 필요는 없지 않은가.

"잠시만 기다려."

그 말을 남기고 적시운은 날아가듯 사라졌다. 시선으로도 뒤쫓기 힘들 속도에 모두들 어안이 벙벙해졌다.

"대체 뭘 가지고 오려는 걸까요?"

혼잣말에 가까운 세실리아의 질문. 김은혜는 또한 혼잣말로 대꾸했다.

"가져오는 게 아닌 것 같구나."

적시운은 분명 데려온다고 말했다. 물건이나 장비에 그런 표현을 쓴다는 건 어색한 일이었다.

대략 30분쯤 지난 후, 그녀는 적시운이 의미하는 바를 완벽하게 이해했다.

"대관절 일주일 동안 어디서 뭘 했나 싶었는데, 이곳에서 지냈던 모양이군."

젊은 음색 속에 숨겨진 은근한 노숙함. 김은혜는 그 목소리의 주인을 잘 알고 있었다.

"실로 오랜만이로군요."

그녀의 목소리가 가늘게 떨렸다.

"아킬레스 님."

"은혜."

아킬레스는 포근한 미소를 지었다.

"그 미모는 변함이 없군."

"지금 놀리시는 거죠?"

"그럴 리가 있겠소? 그저 솔직한 마음을 표현했을 뿐이오."

세실리아가 의아한 눈으로 두 사람을 번갈아 보았다. 적시운은 팔짱을 낀 채 담담한 태도를 취했다. 사실 작센이 두 사람 모두와 연결 고리가 있다는 걸 알았을 때부터 어느 정도는 예상한 바였다.

"예전보다도 한결 편안한 모습이시군요. 마침내 숙원을 이룬 것을 축하드립니다."

"고맙소. 그리고 미안하오. 당신이 처한 상황을 미처 알지 못해서."

"이해해요. 그럴 수밖에 없으셨잖아요."

"복수에 미쳐 있었을 뿐이지. 부끄러운 일이오."

씁쓸히 중얼거리던 아킬레스가 적시운을 힐끔 보았다.

"음, 나와 그녀는 오래전부터 알고 지내던 사이였네. 그녀가 정부 소속 과학자이던 당시에 인연을 맺었지. 그러니까……."

"무슨 말인지 알겠으니 이들을 옮기기나 해주십쇼."

적시운이 딱 잘라 말했다.

"……어, 음. 그러지."

헛기침을 한 아킬레스가 매스 텔레포트를 시도했다. 김은혜는 그런 아킬레스를 장난스러운 미소로 바라봤다.

"살다 보니 이런 일도 다 있군요. 황제 말고도 당신을 쩔쩔매게 하는 사람을 보게 될 줄은 몰랐어요."

"내 숙원을 이루어준 친구이라오. 죽으라 하면 죽는 척이라도 해야지."

"정말 그가 순례자를 쓰러뜨린 거로군요."

"음."

팟.

매스 텔레포트가 펼쳐졌다. 밀림에 뒤덮인 폐건물들이 사라진 자리엔 널찍한 돔형 천장에 존재했다.

에메랄드 시타델. 오디세우스가 정박되어 있는 격납고 내부였다.

"무턱대고 시가지로 옮겼다간 문제가 될 것 같아서 일단은 이곳으로 이동했소."

김은혜는 그 말에 한동안 대답하지 않았다. 그저 감개무량한 얼굴로 주변을 돌아볼 뿐.

"오스카리나에겐 제가 다녀오겠습니다. 잠깐만 이들을 맡아주십시오."

"그러지. 천천히 다녀오게나."

적시운이 격납고 밖으로 걸음을 옮겼다. 아킬레스는 의아함 섞인 눈으로 그 뒷모습을 바라봤다.

"저 친구, 일주일 내내 그대들과 함께 있었던 거요?"

"네? 아뇨. 어제가 되어서야 갑자기 나타나셨어요."

"따로 지닌 물품은 없었고 말이오? 그러니까……."

"아포칼립틱 코어 같은 것 말씀인가요?"

"으음, 그렇소."

김은혜는 고개를 저었다.

"아뇨, 저희를 찾아왔을 땐 저 모습 그대로였어요."

"흐음."

아킬레스가 눈매를 좁혔다.

"코어를 처분하거나 어디다 숨겨두기라도 했단 말인가?"

"흡수한 게 아니라요?"

세실리아가 더 참지 못하고 물었다. 아킬레스는 단호한 태도로 고개를 저었다.

"다른 것도 아니고 S랭크 에픽 레벨 마수의 코어라네, 아가씨. 흡수를 했다면 어떤 식으로든 랭크에 변화가 있었을 게야."

"하지만…… 오빠, A랭크가 되었는걸요?"

"내가 저 친구를 처음 만났을 적에도 A랭크였다네."

"네에?"

세실리아의 눈이 휘둥그레졌다. 김은혜 역시 적잖이 놀란 얼굴이었다.

"정말 상상하기 어려울 만큼 많은 일을 겪은 모양이군요."

"이 나조차 압도되었을 정도이니, 보통 수라장을 뚫고 나온 게 아닌 것만은 분명하오."

아킬레스는 까칠까칠한 턱을 쓰다듬었다.

'대체 지난 엿새 동안 무슨 일이 있었던 것일까.'

[적시운 님께서 백작님을 뵙고자 찾아오셨습니다.]

벽면 모니터에 나타나는 메시지.

속옷만 입은 채 침대 위에 누워 있던 오스카리나가 고개를 들었다.

"흐음."

그녀의 입가에 고혹적인 미소가 그려졌다. 평소보다도 립스틱을 진하게 바른지라 미소의 굴곡이 더욱 두드러졌다.

"내 침실로 안내하도록 해."

3

"따라오십시오. 백작님께 안내해 드리겠습니다."

데스크의 안내원이 앞장서서 걸었다. 적시운은 그녀를 따라 엘리베이터에 올랐다. 사실 귀찮은 절차 없이 그냥 찾아가도 상관은 없었다. 그래도 일도 좋게 풀렸겠다, 최대한 오스카리나의 체면을 생각해 주기로 했다.

"이곳입니다."

안내원이 멈춰 선 곳 앞에서 적시운은 미간을 살짝 찡그렸다.

“지난번에 왔던 곳과는 다른데.”

“이곳은 백작님의 프라이빗 룸 중 하나입니다. 주로 침실로 쓰이는 곳이지요.”

“오스카리나가 여기서 보자고 했다고?”

“네, 적시운 님을 이곳으로 안내하라고 하셨습니다.”

다른 것보다 의문부터 들었다.

‘뭔가 이상한데.’

협력을 약속받은 이래 적시운에 대한 오스카리나의 태도가 매우 우호적으로 변하기는 했다. 하지만 그녀는 귀족적인 태도 또한 고수해 왔다. 남성인 적시운과 침실에서 만나거나 하는 품위 없는 행동과는 어울리지 않았다.

[뭘 그리 깐깐하게 생각하나? 다 큰 처자가 만리장성 좀 쌓자는데.]

‘……천마가 아니라 색정마가 따로 없군.’

[허, 이런 어처구니없는. 이게 본좌 좋자고 하는 소린가? 다 자네를 생각해서 하는 말 아니겠나. 막말로 재미를 본대도 자네가 보지 본좌가 보지는 않잖나.]

‘알았으니 나중에 얘기합시다.’

스륵.

자동문이 좌우로 열렸다. 적시운이 안으로 들어서니 은은

한 아로마 향이 반겼다.

전체적으로 명도가 낮은 방 안. 고급스럽지만 지나치게 화려하지는 않은 인테리어가 방을 장식하고 있었다. 그 정중앙에 위치한 침대에 오스카리나가 있었다.

"어서 와."

그녀는 반쯤 엎드린 채였다. 입은 거라고는 반투명한 벨벳 원피스 한 벌이 전부. 은은한 스탠드 빛이 투사되며 굴곡진 실루엣이 적나라하게 드러났다.

천마가 심각한 어조로 중얼거렸다.

[죽이는군.]

"……."

적시운은 새어 나오는 한숨을 애써 참았다.

"뭐 하자는 짓이야?"

"왜? 마음에 안 들어?"

"그래."

"흐음."

오스카리나가 실망한 듯 콧소리를 냈다.

"수도승이나 가톨릭 신부도 아닐 텐데 너무 깐깐하네."

"때와 장소를 가릴 줄 아는 거다. 처리해야 할 일이 아직 많이 남아 있으니까."

"처리할 일이라. 일주일 동안 자취를 감췄던 것도 그 일환인가 봐?"

"그래."

잠시 적시운을 응시하던 오스카리나가 고개를 갸웃거렸다.

"흡수하지는 않은 모양이지? 순례자의 코어 말이야."

"……."

"그렇게 쳐다보지 말아줘. 하긴 코어를 어떻게 할지는 전적으로 당신에게 달린 문제지. 난 아무런 간섭도 할 생각이 없어."

"……김은혜와 그녀의 무리를 이곳으로 데려왔다."

"김은혜?"

오스카리나가 눈을 깜빡거렸다. 적시운은 유심히 그녀의 반응을 주시했다. 그녀의 녹색 눈동자를 스쳐 지나가는 것은 무지 그 자체였다. 하지만 다음 순간, 그녀는 알았다는 듯 손뼉을 쳤다.

"제국 소속 연구원이었던 김은혜 말이지? 나…… 를 비롯한 신인류 개발을 주도했던 동양계 연구원 말이야."

"그래."

"칙령으로 대외 반출이 금지된 국외 정보를 빼돌렸고, 자기 무리와 함께 달아났었지. 인종 간 차별 문제도 어느 정도 섞여 있긴 했지만. 그런 김은혜를 당신이 데려왔다는 거구나."

"……."

"무슨 의도인지 알겠어. 그녀의 과거를 눈감아달라는 거지? 물론이야. 다른 것도 아니고 당신 부탁이니까."

빙긋 미소를 짓는 오스카리나. 확실히 매력적이라는 것은 인정할 수밖에 없었다. 잡티 하나 없는 순백색 피부의 금발 미녀가 실오라기 같은 옷만 걸친 상태. 아무것도 느끼지 못한다면 말이 안 됐다.

침대에서 내려선 그녀가 적시운에게 다가갔다.

"당신 부탁이라면 뭐든 들어줄 수 있어. 난 시타델의 백작이고 당신을……."

말을 멈춘 오스카리나가 적시운 앞으로 얼굴을 들이댔다. 입술 사이로 선홍빛 혀가 살짝 비어져 나와 적시운의 입술에 닿았다.

"내가 무슨 말을 하려는지 알고 있지?"

"그래, 그럼 한 가지 질문에 대답해 줬으면 좋겠군."

"무엇이든지."

"넌 대체 누구지?"

오스카리나의 눈썹이 활처럼 휘었다.

"시타델의 여백작 오스카리나. 당신의 든든한 동맹. 설마 그걸 모르는 건 아닐 텐데?"

"껍데기는 그렇겠지."

"……이 안에 뭐가 있는지 보여줘?"

오스카리나가 어깨끈을 풀어 내리려 했다. 적시운은 염동력으로 그녀의 팔다리를 붙들었다. 행동의 자유를 구속당한 오스카리나가 서늘히 웃었다.

"그쪽이 취향?"

"내가 추측한 바를 말해주지."

적시운의 음성은 서릿발 같았다.

"너는 타인의 정신에 침투할 수 있다. 정신감응 계열, 아마도 텔레패스일 테지. 김은혜 얘기를 들었을 때의 반응으로 보건대 숙주의 기억까지 읽어 내릴 수 있는 모양이군."

"……."

"코어를 흡수하지 않았냐고 물은 것은, 내가 랭크 업을 하지 않았음을 감지했다는 뜻이지. 이능력자가 아닌 오스카리나는 알아챌 수 없는 일이다. 따라서 그것 또한 네 역량이라고 봐야 할 테지."

상대의 이능력 레벨을 간파할 수 있는 것은 보다 강한 능력자뿐.

"최소한 더블 A랭크 이상의 정신감응 이능력자. 그게 바로 네 정체일 테지."

적시운은 살기 어린 눈으로 오스카리나를 노려봤다.

"아마도 그때 그 여자아이일 테지? 아니, 그 아이도 숙주에 불과했나?"

"후후후."

오스카리나는 웃었다. 유혹하는 듯하던 달뜬 눈빛은 어느새 장난기로 물들어 있었다.

"제법이야. 과연 드래곤 슬레이어다워."

"드래곤 슬레이어?"

"순례자 말이야. 날개가 없다지만 드래곤은 드래곤이지. 어쨌든 학명도 크로울링 드래곤이니."

"그런 건 아무래도 좋아. 이 모든 건 대체 무슨 수작이지?"

"간단해. 너를 회유하려던 작전이었지. 아무래도 아킬레스 그 늙다리한테 넘기기엔 좀 아깝거든."

"난 그 누구의 소유물도 아니다."

"하지만 선호하는 상대는 있을 것 아냐? 막말로 내가 아킬레스와 싸운다고 치면, 너는 아킬레스를 도울 거잖아?"

"거래가 유지되는 동안이라면 그렇겠지."

오스카리나는 다 안다는 듯 웃었다. 눈빛부터 입술에 이르기까지 우월감에 푹 절어 있는 미소였다.

"다 알고 있지. 너를 제국 바깥으로 텔레포트시켜 달라는 게 조건이었지? 만약 내가 그걸 떠벌리기라도 하면 어떻게 될까?"

"……."

"사실 그럴 필요도 없어. 이렇게 주절주절 떠들 필요도 없지. 그래도 되도록 대화로 해결하고 싶었어. 능력을 쓰는 건 너무나 간단하거든.”

오스카리나의 눈동자가 순간 붉은빛으로 돌변했다.

“하지만 관둘래. 보아하니 넌 내 말을 들을 마음도 없는 것 같아.”

싱글 S랭크 텔레패스, 또 한 명의 펜타그레이드. 다크 레이븐 에블린이 능력을 발휘했다.

“내게 복종하라.”

펜타그레이드 간의 능력 차는 그야말로 미세하다. 단 한 명, 유일한 SS랭크 능력자만이 예외일 뿐. 그를 제외한 네 사람의 힘의 크기는 거의 같았다.

남는 것은 해당 능력 간의 상성뿐. 그 때문에라도 펜타그레이드끼리는 껄끄러운 관계일 수밖에 없었다.

그리고 지금, 아킬레스는 뒤통수를 훑고 지나가는 느낌에 전율했다.

“설마……?”

그의 고개가 홱 돌아갔다. 그 방향은 스트롱홀드 쪽. 불길한 낌새를 느낀 김은혜가 표정을 굳혔다.

"무슨 일인가요, 아킬레스 님?"

"어쩌면……."

아킬레스가 심각해진 얼굴로 김은혜를 돌아봤다.

"적시운이 함정에 빠졌는지도 모르겠소."

"네?"

"길게 설명할 시간이 없으니 짧막히 하지. 에블린이 시타델에 들어와 있소."

"다크 레이븐이 말인가요?"

"음. 그리고 조금 전, 아마도 그녀의 것으로 보이는 이능력의 파동을 느꼈소. 지극히 희미하긴 했지만 아마도……."

김은혜의 표정 또한 심각해졌다.

"적시운 님은 그 사실을 아시나요?"

"대강은 짐작하고 있을 테지만……."

"알고도 당했을 수 있다는 거군요."

펜타그레이드의 힘을 생각한다면 당연한 일이었다. 이는 설령 적시운이 A랭크의 이능력자라 해도 마찬가지였다.

"가세요, 아킬레스 님."

표정을 가다듬은 김은혜가 말했다.

"한시라도 빨리 가셔서 적시운 님을 구해주세요. 지금 이곳에서 그녀에게 대항할 사람은 오직 당신뿐이세요."

"음, 안 그래도 그럴 생각이오."

아킬레스는 좌표계를 설정하고서 텔레포트를 준비했다.
"되도록 이곳을 떠나지 말고 기다려 주시오."
"아무 데도 가지 않을 테니 서두르세요."
"음."
스트롱홀드의 3차원 좌표가 그의 머릿속에 구축됐다. 아킬레스는 두 번 생각하지 않고 텔레포트를 펼쳤다.
'조금만 기다리게!'

1초를 수십 개로 쪼개놓은 찰나의 시간. 에블린은 아킬레스의 텔레포트를 감지했다. 앞서 아킬레스가 그녀의 능력을 감지했던 것처럼.
'하지만 이미 늦었어!'
그녀는 이미 적시운의 정신에 침투한 뒤였다. 지배에서 풀려난 오스카리나는 그대로 혼절해 버렸지만 알 바 아니었다. 보다 뛰어나며 가치 있는 육체를 지배하게 되었으니까.
모든 작업은 번갯불에 콩 구워 먹듯 이루어졌다. 이는 정신계 이능력자의 장점이기도 했다. 말 그대로 눈 깜빡할 사이에 모든 것을 처리할 수 있다는 것 말이다.
에블린은 적시운의 의식의 중추로 파고들었다. 그곳에서

힘을 발휘해 제어권을 빼앗고서 군림하는 게 그녀의 방식이었다.

이른바 퀸 오브 하트(Queen of hearts). 남들이 멋대로 갖다 붙인 검은 까마귀(Dark Raven)라는 이명과 달리, 그녀가 직접 지은 이름이었다.

'너 또한 내게 지배당할 또 하나의 병사에 불과하지!'

의식을 빼앗고 시타델을 빠져나간다. 그게 에블린의 계획이었다. 아킬레스의 방해가 귀찮기야 하겠지만, 그녀의 정신감응 능력으로 어떻게든 떨쳐 낼 수 있으리라 확신했다.

'우리의 힘은 대등하니까.'

적시운의 의식, 그 한가운데에서 에블린이 선언했다.

'너는 이제부터 나, 에블린의 것이다!'

"누구 마음대로?"

팟!

예기치 못하게 터져 나온 빛이 에블린을 감쌌다. 그녀는 자신이 펼쳐 놓은 힘의 다발들이 끊어져 나가는 걸 느끼며 경악했다.

'대, 대체 뭐야?'

햇살처럼 쏟아지는 빛 속에 한 사내가 서 있었다. 오만함과 고집스러움으로 빚어낸 듯한 얼굴. 반백발의 머리칼은 단정히 쓸어 넘긴 채 난생처음 보는 복색을 하고 있었다.

적시운은 결코 아니었다. 그렇기에 경악스러웠다. 그녀 이외의 정신감응 능력자가 침투했다는 뜻과 같았으니까.

'너, 너는 대체……?'

"본좌가 누군지 묻고 싶은 건가?"

반백의 사내가 빙긋 웃었다. 에블린을 능가하는 압도적인 자신감이 사내의 얼굴을 감싸고 있었다.

"본좌는 홀로 하늘 위에 군림하는 자."

파직, 파지지직!

에블린은 자신의 의식이 붕괴되는 것을 느끼며 경악했다. 적시운의 내부로 침투한 그녀의 힘이 추풍낙엽처럼 찢겨 나가고 있었다.

'마, 말도 안 되는……!'

"가소로운 계집, 그만 꺼지거라."

쨍강!

주위를 감싼 빛의 공간이 유리창처럼 깨져 나갔다.

'아아악!'

흩날리는 파편의 폭풍 속에서, 에블린은 비명을 토하며 쓸려 나갔다.

to be continued

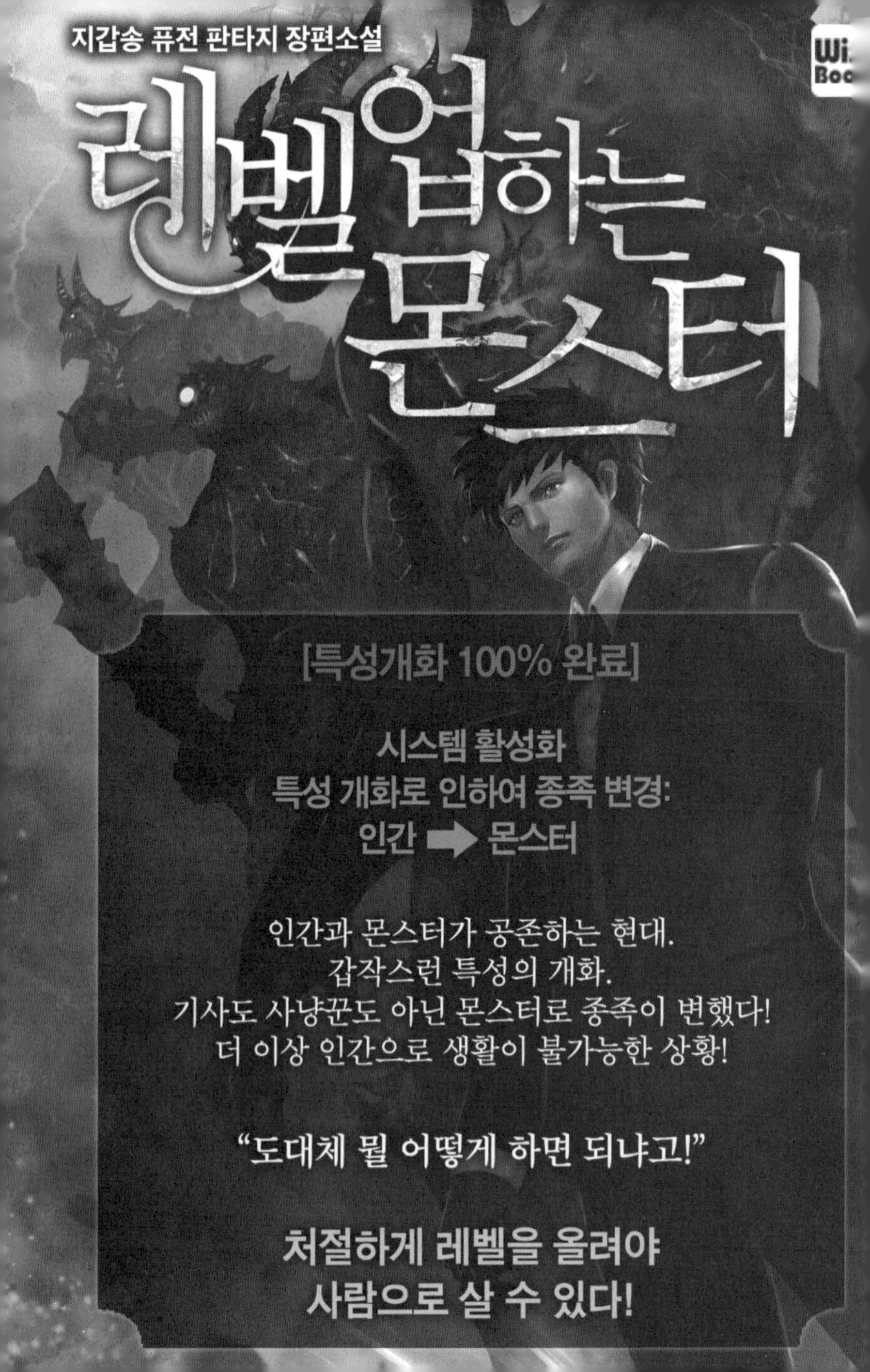
지갑송 퓨전 판타지 장편소설
Wi
Boo
레벨업하는 몬스터
[특성개화 100% 완료]
시스템 활성화
특성 개화로 인하여 종족 변경:
인간 ➡ 몬스터
인간과 몬스터가 공존하는 현대.
갑작스런 특성의 개화.
기사도 사냥꾼도 아닌 몬스터로 종족이 변했다!
더 이상 인간으로 생활이 불가능한 상황!
"도대체 뭘 어떻게 하면 되냐고!"
처절하게 레벨을 올려야
사람으로 살 수 있다!